世界少年经典文学丛书

金钥匙

[苏]托尔斯泰　著

曹　慧　编译

中国出版集团　现代出版社

图书在版编目（CIP）数据

金钥匙／（苏）托尔斯泰（Tolstoy, A. N.）著；曹慧编译. —北京：现代出版社，2013.2　（2025.1重印）

ISBN 978 - 7 - 5143 - 1249 - 2

Ⅰ. ①金…　Ⅱ. ①托…②曹…　Ⅲ. ①童话 - 苏联 - 现代 - 缩写　Ⅳ. ①I512.88

中国版本图书馆 CIP 数据核字（2013）第 021491 号

作　　者　托尔斯泰
责任编辑　刘　刚
出版发行　现代出版社
通讯地址　北京市安定门外安华里 504 号
邮政编码　100011
电　　话　010 - 64267325　64245264（传真）
网　　址　www.xdcbs.com
电子邮箱　xiandai@ cnpitc. com. cn
印　　刷　三河市嵩川印刷有限公司
开　　本　700mm×1000mm　1/16
印　　张　9
版　　次　2013 年 2 月第 1 版　2025 年 1 月第 4 次印刷
书　　号　ISBN 978 - 7 - 5143 - 1249 - 2
定　　价　39.80 元

序　言

　　孩子是未来的希望，是父母心中的天使，是充满快乐的精灵。小学阶段更是孩子最快乐的时光，是孩子成长发育的黄金阶段。为了让孩子学习更多的课外知识，享受更加丰富的学习乐趣，我们策划了本丛书！

　　从小让孩子多读课外书，对培养孩子健康的心态和正确的人生观无疑将起着非常重要的作用。自《语文课程标准》公布以来，不少富有敬业精神、有才干的教师，在他们的教学中，担当起阅读教育的重担。他们在严谨的选材中，利用丰富的文学资源，向学生推荐了大量优秀的课外读物，实施了以"练成阅读和作文的熟练技能"为重要内容的阅读教育。大千世界充满了丰富的知识。阅读能丰富小学生的语文知识，增强阅读能力，提高写作水平，开阔视野，增长智慧。阅读本丛书，能够使孩子享受到阅读的快乐，激发起更浓厚的阅读兴趣，孩子的生活将充满新的活力与幸福！本丛书精选了世界名著和中国经典书目中流传最广、影响最大、最脍炙人口的作品，是培养小学生理解能力、记忆能力、创造能力的最佳课外读物。

　　最后需要指出的是，本丛书把世界上流传甚广的经典童话、寓言等也尽收其中，并将这些文学作品重新编写审订，使作品在不影响原著的基础上更适合少年儿童阅读，在丰富他们课余生活的同时提高语言和文字表达能力。本丛书通过科学简明的体例、丰富精美的图片等有机结合，使小读者不仅能直观地领略作品的精髓，而且还能获得更为广阔的文化视野和愉快体验。希望本丛书能成为孩子生活的一缕阳光照亮孩子前进的道路，能成为一丝雨露滋润孩子纯净的心灵。

编　者

目　录

金钥匙

狐狸的故事

金钥匙

［俄］阿·托尔斯泰　著

木匠朱塞佩弄到了一段会讲人话的木头

据说在很久很久以前，坐落在地中海旁边的小城镇里有一个名字叫做朱塞佩的老木匠，人们都叫他紫鼻子。

有一次他不知从哪儿弄到了一段冬天生炉子用的很普通的木头，"这段木头倒是不错，"朱塞佩自言自语道，"可以用来做桌子腿之类的……"

朱塞佩把用了好多年的细绳子缠着的眼镜戴上。然后，他用手掂了掂木头，拿起小斧子就要砍。

可斧子刚碰到木头上，突然就响起一个又尖又细而且有点奇怪的声音："唉哟，唉哟！您能轻点吗？"

朱塞佩把眼镜挪到鼻子尖上，往四面瞧瞧——一个人也没有！他往工作台下面看看——没有人。他往刨花篓里看看——没有人。他又把脑袋探到门外看看——也没有人！

"是谁在这样叽叽叫呢？"朱塞佩暗自说，"莫非是我的幻觉？"

他拿起小斧子又要砍——可是，小斧子刚要碰到木头上……

"唉哟，我说好痛啊！"那又尖又细的声音再次哇哇叫起来。

朱塞佩确实吓了一跳，这一回可不是开玩笑，他被吓得那副眼镜也蒙上了一层雾气……他把房间每个角落都检查过，甚至还钻到炉子里仰头朝上面的烟囱看了好一会儿。

"也没有什么人呀？"

朱塞佩心里奇怪："可能是因为自己喝醉了耳朵里嗡嗡响吧？"

可是不对啊，他今天都没碰酒啊！朱塞佩镇定了一下，拿起刨子，用小锤子敲了敲它，把刨刀口调整得恰到好处。然后，他就把木头放在工作台上。可是他刚一刨——

"唉呀，唉呀！我说您怎么回事？把我弄疼了！"那尖细的声音再次使劲地叽叽叫起来。

朱塞佩吓得刨子掉在了地上，往后退了一步又一步，一个屁股蹲儿坐到地板上：不错，他猜到了，那尖细的声音竟然是从那段木头里面传出来的！

朱塞佩把那段会说话的木头送给了老朋友卡洛

恰好，朱塞佩的一位叫卡洛的老朋友这时来串门儿。

卡洛是个流浪艺人。

卡洛以前经常背着一个精致的手摇风琴，戴着宽边帽，在各个城市间流浪，靠摇风琴和卖唱来维持生计。现在他那个手摇风琴早就坏掉了，而卡洛也年迈体衰。

"朱塞佩，最近还好吗？"卡洛冲朱塞佩打招呼，走进木匠铺，问道，"你怎么在地上坐着呢？"

"嗯，我吗？你看，我把一个小螺丝不小心弄丢了……嘿，不管了！"朱塞佩偷偷看了看那段木头，然后站起来迎向卡洛，"嗨，过得还好吗，老朋友？"

"过得不好，"卡洛回答说，"我始终在琢磨有什么能赚钱维持生计的？哎，你倒帮我想想办法，给我一点建议……"

"那还不容易！"朱塞佩一边说着一边暗自动着心思，心想："借此机会我赶快甩掉这段该死的木头。"他继续说："那还不简单！真的，你看，我的工作台上现在有段材质绝佳的木头，卡洛，我把这段木头送给你了……"

"唉呀呀，我拿它回去又能怎么样呢？"卡洛满脸愁云回答说，"即便我把木头带回家，可是我那房间又窄又小，而且连个炉子也没有。"

"卡洛，我可是很严肃地和你说，你用小刀把这段木头雕成一个木偶，然后你教它说笑话、唱歌、跳舞，并且带着它挨家挨户跑。这样你便可以靠它吃上饭，喝上酒了。"

这时，有个很小但很开心的声音从朱塞佩的工作台上传来："紫鼻子，太棒了，这真是个绝佳的主意！"

这一下，又把朱塞佩吓得浑身打颤。

——从哪儿传出的声音呢？卡洛也惊讶地瞪大双眼四处张望，"好吧，朱塞佩，谢谢你给我的建议，把那段木头给我吧。"

朱塞佩连忙抓起那段木头塞给他的朋友。也不知道是他塞的时候过于慌乱，还是木头自己跳起来了，总之是不偏不倚地"啪"地一下就打在卡洛的头上。

"哈哈！"卡洛恼怒的叫起来，"原来你送我的是这个！"

"老朋友很抱歉，我没有敲你的头。"

"那你的意思就是说我自己把我自己的头敲了？"

"老朋友，不是这样的，我觉得——很可能是木头它在敲你的头。"

"说谎，就是你在敲我的头！"

"不不，我真的没有敲……"

"起初我只知道你爱酗酒，紫鼻子"，卡洛说，"原来你还是个很爱撒谎的家伙。"

"啊哈，你居然还敢骂人！"朱塞佩嚷起来，"好，你过来！我把你……"

"你过来，哼，看我不一把捏住你的鼻子……"

两个大发雷霆的老头儿转眼间就打在一块儿：卡洛捏住朱塞佩的紫鼻子，朱塞佩把卡洛耳朵边的白头发揪住了，他们俩你一拳我一拳的互相往腰里使劲打。

工作台上那个又尖又细的小声音这时候居然叽叽喳喳地叫着给他们起哄：

"好！打，用力打！"

"咚！咚！咚！咚！……"

两个老头儿最后也打得没劲儿了，大口大口地直喘。

朱塞佩说："咱俩别打了，好吗？"

卡洛回答说："好吧，咱们不打了。"

卡洛把那段木头夹在自己的胳肢窝里，和朱塞佩相互拥吻了一下，然后回家去了。

卡洛做了个小木头人，给他取了个名叫布拉蒂诺

位于楼梯底下的卡洛的房子是那样的狭小。在他房间里和门对应的墙上，有一个漂亮的炉子，此外再无它物。而且，面前这个漂亮的炉子——包括炉子里的火和火上烧得沸腾的锅子都是画在一块旧布上的。

卡洛进了屋子，坐在了只剩三条腿的桌子旁边仅有的一张凳子上。他把那段木头放在手中转来转去，一直看了好久，然后拿起小刀准备刻一个木头人。

"该管它叫什么好呢？"卡洛想着，"我就给它取名为布拉蒂诺吧。嗯，就这么叫吧！这个名字会带给我幸福。我知道有那么一家人，他们的名字都是布拉蒂诺：父亲叫布拉蒂诺，母亲叫布拉蒂诺，几个子女也都叫

布拉蒂诺……他们一家生活得无拘无束、幸福快乐……"名字想好后，卡洛便一丝不苟地刻起来。

在那段木头上他先把头发刻出来，接着是脑门、眼睛……

这双眼睛突然自己张了开来，并瞪得圆圆地盯着他看……

卡洛一点都不害怕，只是轻声地问道："木头眼睛，你为什么用那种古怪的眼神看我？"

木头人并没有回答——肯定是因为它的嘴巴还没有刻出来。

接下来，卡洛就一刀一刀地把腮帮子刻了出来，接着是鼻子——一个非比寻常的鼻子……

可鼻子忽然就自己伸出来，而且越伸越长，到了最后，居然变成了一个很长很长的尖鼻子。卡洛禁不住哇哇叫："不好，太长了——"

于是，他只好一刀把鼻子尖切掉了。

可是没用！鼻子开始旋转起来，而且越转越长——最后变成了一个很长很尖的奇怪鼻子。

卡洛非常无奈，只好继续把嘴巴刻出来。可等他刚把两片嘴唇刻出来，嘴巴就自己张开了，还探出条窄窄的红舌头，发出搞怪的声音："嘻嘻嘻，哈哈哈！"

卡洛并不理会这种鬼把戏，只是一个劲儿地在那刨啊、刻啊、雕啊……渐渐地，木头人的下巴、脖子、肩膀、大身体、两只手都被一一刻出来了……

然而等他刚把最后一个手指头刻好，小木头人就挥舞着两个小拳头"咚咚咚"敲卡洛的光头，还拧他，挠他的痒痒。

"你听我说，"卡洛严肃地说，"我还没把你完全做好，你就开始调皮了……以后还成样子吗？……啊？"他严厉地瞅瞅布拉蒂诺。

布拉蒂诺像只老鼠一样，瞪着圆圆的眼睛和卡洛老爹对视。

卡洛用木片把它的两条长腿也做了出来，并把大脚板给安好。

　　小木头人终于完全做好了，卡洛把他（至此，布拉蒂诺已正式成为一个完整的小木头人了，于是不再叫"它"而改叫"他"了）放在地上，准备教他学走路。

　　布拉蒂诺用两条又细又长的腿站着，摇摇晃晃地向前迈了一步，又迈了一步，咔哒、咔哒——径自走到门口，跨过门槛，跑到外面街上去了。

　　卡洛非常担心地跟在他后面："喂，小精怪，你快回来！……"

　　布拉蒂诺像兔子一样地在路上跑，哪肯听他的话啊！只听见他的两只木头脚板踩在石头路上发出"啪嗒啪嗒"地响声……

　　"快帮我逮住他！"卡洛叫起来。

　　行人指着逃跑的布拉蒂诺开始笑。

　　在十字路口那里有一个高个子的警察，留着两撇向上翘的胡子，头戴一顶三角帽。他发现小木头人跑过来，于是就把两腿叉得开开的，这样整条街就都被截住了。

　　布拉蒂诺试图从他两条腿中间钻过去，然而警察一下就把他的鼻子给抓住了，就那么一直拿着，直到卡洛老爹追上来……

　　"好，你给我在那等着，我马上就过来收拾你。"卡洛老爹气息稍稍平静些，对布拉蒂诺说着，并把他塞进自己的上衣口袋……

　　然而在这个非常开心的日子，布拉蒂诺实在不想当众被塞进口袋里，于是他索性两脚从上衣口袋里向上一伸，然后又麻利地翻了个身，"啪嗒"一声掉到路上装起死来。

　　"唉呀，唉呀！"警察说，"事情看起来有点不妙！"

　　过路人都聚集过来。

　　他们围着笔直地躺在那里的布拉蒂诺是连连摇头。

　　"可怜的孩子，"有人说，"他肯定是因为饥饿过度变成这样的……"

　　"他被卡洛给打死了！"有人开始愤愤地说，"这个背手摇风琴卖唱的老东西只是假扮好人，实际上他是个恶棍，是个坏蛋……"

听了他们的这些议论，留着八字胡儿的警察一把揪住倒霉的卡洛的衣领，准备把他带到警察局去。

卡洛的鞋子不停地在地面上踢腾，扬起了不少灰尘，他大声叫苦："唉哟，唉哟！我何苦要做这个小木头人，简直是自寻烦恼！"

布拉蒂诺抬起鼻子四下里瞧瞧，看到街上的人都散开了，骨碌一下爬起身，高高兴兴地跑回家去了……

会说话的蟋蟀忠告布拉蒂诺

布拉蒂诺一口气跑进楼梯底下卡洛的那间屋子，在椅子腿旁边"啪嗒"一声摔在地上。"怎么居然会想出这样的事情来呢？"

要知道，布拉蒂诺"生"下来才刚满一天。思考的事情都还很幼稚、很简单、很无聊。

就在这时，布拉蒂诺突然听见"唧唧，唧唧，唧唧"的声响。

他扭头看来看去，在整个屋子里四处张望。

"喂，是谁在这里呀？"

"是我……唧唧，唧唧……"

布拉蒂诺看见了一样东西，这东西和蟑螂有点像，脑袋像蚱蜢。

它在炉子上方的墙上，轻轻地摇晃着小胡须，发出"唧唧，唧唧"的叫声，并且鼓起两只如玻璃般晶莹透亮的圆鼓眼睛看着他。

"喂，你是谁啊？"

"我是会讲话的蟋蟀啊，"那东西回应说，"我在这屋子里已经生活了一个多世纪了。"

"这屋子属于我，你赶快给我离开！"

"好，我这就走。虽然我对这间住了一百多年的屋子有着非常深厚的感情，"会说话的蟋蟀回答说，"然而在我离开之前，我想送给你一个大大的忠告。"

"哼，对于你这老蟋蟀的忠告，我才才才才无所谓呢！"

"唉，布拉蒂诺啊布拉蒂诺，"蟋蟀说道，"我的忠告是，千万别那么调皮，要听卡洛老爹的话，没事别总是往外跑，明天就去上学。否则就会有可怕的危险和灾难降临到你身上。到那时候，你就死不足惜了。"

"为为为为什么？"布拉蒂诺问它。

"为什么？用不了多久你就会知道。"会说话的蟋蟀回答说。

"哼，你这活了一百多年的臭蟑螂！"布拉蒂诺叫道，"这世界上我最爱的就是冒险，而且是可怕的险。明天一大早，我就离开家出去——我要爬墙头，掏鸟窝，欺负小不点儿，拽拽狗尾巴猫尾巴……我还会想出更多更多的新奇想法来！"

"我真同情你，布拉蒂诺，我真的很同情你，你是要淌伤心的眼泪的。"

"为为为为什么？"布拉蒂诺又问。

"因为你的脑袋只是块儿笨木头。"

布拉蒂诺听后气愤极了，他跳上椅子，又从椅子上跳到桌子上，然后拿起小锤子就冲会说话的蟋蟀头上掷了过去。

聪明的老蟋蟀长叹了一口气，晃晃胡须，就钻到炉子后面去了——而且，从此它再也没有回来过。

布拉蒂诺由于粗心大意险些儿送了命。卡洛老爹用花纸给他糊了套衣服，还给他买了本识字课本

那只会说话的蟋蟀从家中离开后的这段日子，楼梯底下的那间屋子里开始变得枯躁乏味，也很孤寂。

一天显得非常漫长，长得简直没有尽头。

布拉蒂诺发觉肚子有点不舒服。他把眼睛闭上，忽然看见一盘烧鸡。他赶快把眼睛睁开，咦——那盘烧鸡又不见了。他又把眼睛闭上，看见一盘碎麦米饭拼蜜饯马林果。他睁开眼睛，咦——那盘碎麦米饭拼蜜饯马林果也没有了。布拉蒂诺明白了：他是太想吃点东西了。

他跑到炉子旁边，把鼻子凑到那在火上煮得沸腾的锅子里去。

结果布拉蒂诺的长鼻子居然把锅子给戳穿了！

事实上，我们早就知道，炉子、火、烟、锅子都是被穷老头卡洛画在一块旧布上的。

布拉蒂诺只得把鼻子给拔出来，两眼往小窟窿里一看：旧布后面的墙上似乎有一扇小门，然而门上面张满了很多蜘蛛网，什么都看不到。

布拉蒂诺把屋里的每个墙角都找遍了。

他心想：找到块面包皮也好啊，哪怕只是一根猫啃过的鸡骨头呢？

唉，穷老头儿卡洛家里，晚饭居然拿不出一丁点儿食物！

布拉蒂诺忽然发现刨花篓里有一个鸡蛋。他一把就把鸡蛋抓过来，放在窗台上，用鼻子"笃，笃"一磕，鸡蛋壳就应声而破了。

蛋里头有个细微的声音在叽叽叫："非常感谢你，小木头人。"

一只小鸡从敲破的鸡蛋壳里钻了出来，它的尾巴那儿只有一小撮茸毛，两只小眼睛却很灵活。

"再见！妈妈已经在外面的院子里等我很久了。"说完，小鸡就从窗口跳出去，转眼间就看不到了。

"唉哟，唉哟！"布拉蒂诺嚷起来，"我想吃……"

一天就这样结束了，房间里边渐渐暗了下来。

布拉蒂诺在画出来的火炉旁边坐下，饿得不住地轻声打着嗝。突然，他发现一个胖脑袋从楼梯底下的地板下面钻了出来。

一只浑身灰秃秃的短腿东西爬了出来，只见它探出头来四处嗅着，不紧不慢地走到那篓刨花那儿，钻进去一边嗅一边找，翻得刨花沙沙响。

它肯定是在找刚才那个被布拉蒂诺敲破了壳的鸡蛋。

它从篓子里爬出来，走到布拉蒂诺身边，转动着两侧各有四根长胡须的黑鼻子，在布拉蒂诺前前后后嗅了半天。

然而嗅完后就发觉布拉蒂诺不能吃，这东西马上就离开了，屁股后面还拖着一条又细又长的尾巴。

嘿，我何不抓住它这条尾巴！

布拉蒂诺很快就把它给抓住了。原来这是只挺坏挺坏的老耗子吱吱。

它吓得如同一个影子一般一闪，就迅速地溜到了楼梯底下，连布拉蒂诺也被它拖过去了。

可等它看清楚这只不过是个小木头人时，就转过身子，凶神恶煞般地扑上来想咬断小木偶人的喉咙。

这回该轮到布拉蒂诺害怕了。他松开冰凉的耗子尾巴，跳到椅子上去。

耗子也跟着他跳上了椅子。布拉蒂诺又从椅子跳上窗台，耗子也跟着从椅子跳上了窗台。

布拉蒂诺从窗台上跳下来，飞快地跑过整间屋子，飞也似地跳上桌子。老耗子也跟着从窗台上跳下来，跑过整间屋子，跳上桌子……

到了桌子上，它上前一口咬住布拉蒂诺的喉咙，把他摔倒，用嘴叼着，跳到地上，试图把他拖到楼梯底下的地窖里去。

"卡洛老爹！"布拉蒂诺好不容易才叽叽呱呱喊出声来。

"我来了！"一个响亮而又坚定的声音回应道。

卡洛老爹打开门进来了。他把脚上的一只木头鞋脱掉，就朝耗子身上扔过去。老耗子吱吱松开了布拉蒂诺，牙齿咬得嘎嘎响，转眼间就逃得无影无踪。

"你看看，淘气会有什么后果！"卡洛老爹责备着布拉蒂诺，并把他从地上抱起来。他查看着有没有咬掉什么部位，然后把他放在膝盖上，从口袋里掏出个洋葱，擦拭干净。"喏，给你，吃吧！"

布拉蒂诺饿极了，连忙"咔嚓"一声用牙去啃洋葱，"吧嗒吧嗒"没用几口就把洋葱给吃没了。他吃完洋葱，就把头靠在卡洛老爹板刷似的腮帮上蹭来蹭去。

"卡洛老爹，我要让自己变得聪明点儿……会说话的蟋蟀让我去学校上学读书。"

"这想法不错，孩子……"

"卡洛老爹，可是我没有衣服穿，又是一个小木头人，在学校里会遭到同学们的嘲笑的。"

"嗯嗯，"卡洛说着，挠挠那板刷似的下巴，"孩子，你说得不错！"

他把灯点亮，并且拿来剪刀、浆糊和一些花纸。

他一边剪着一边贴着，不一会儿，一件咖啡色的上衣和一条鲜绿色的短裤就做好了。

他还用一只旧靴筒给布拉蒂诺做了一双鞋，用旧袜子给他做了一顶尖帽子，顶上还有一束穗子。

他让布拉蒂诺把衣服、鞋子穿上，并且戴上帽子。

"好好穿着吧！"

"可是，卡洛老爹，"布拉蒂诺说，"我没有上课用的书本，可怎么去上学呢？"

"嗯嗯，你说得没错，孩子……"

卡洛老爹挠挠自己的后脑勺。他把他唯一一件旧上衣搭在肩头，到街上去了。

没过多久他就回来了，可是上衣不见了。他手里拿着一本书，书上的字很大，图画也非常有意思。

"识字课本给你。你努力读书吧。"

"卡洛老爹，你的上衣呢?"

"上衣让我给卖了……无所谓的，不穿上衣也没什么……你只要好好上学就好。"

布拉蒂诺把鼻子塞到卡洛老爹慈爱的怀抱里。"我一定好好读书，等我长大后一定给你买一千件新上衣……"

整个晚上，小木头人始终都想着要像会说话的蟋蟀给他的忠告那样，从此以后，自己要好好上学，再也不淘气了。

布拉蒂诺卖掉识字课本，买票看木偶戏

就这样，到了第二天一大早，布拉蒂诺把识字课本装进书包里，蹦蹦跳跳地去上学了。

一路上，他连在店里摆放的那些糖果点心瞧都不瞧上一眼：那里面有罂粟籽蜜糖三角蛋糕，有甜馅饼，还有大公鸡棒头糖。他也不去瞧那些孩子们放的风筝……

花猫巴西利奥从街上大摇大摆地走过，只要一伸手就能拽住它的尾巴。可布拉蒂诺连这个都忍住了。

越接近学校，一阵阵欢快的音乐声就越响。

这音乐声是从附近的地中海岸边传来的。

"毕——毕——毕——"这是长笛吹响了。

"拉——拉——拉——"是小提琴的声音。

"锵——锵——锵——"这是铜钹的声音。

"咚! 咚! 咚——"这是鼓的声音。

学校应该是在右边，可是音乐声却从左边传来了。

布拉蒂诺这一下子犯难了。他的脚下意识地就朝海那边转过去。

那儿传来："毕——毕，毕毕毕毕毕——"

"锵——拉拉，锵——拉——拉——"

"咚！咚！咚——"

"学校就在那里，又不能跑到别的什么地方去，"布拉蒂诺对自己大声说，"我只不过去看看，听一会儿就去学校。"

他撒开腿拼命往海边跑。

那儿有一座大布棚，棚上插满了各种颜色的小旗子，被海风吹得呼啦呼啦地响。布棚门口有个演出台，上面有四名乐师正手脚并用地在奏乐。台下有个满脸笑容的胖阿姨在出售门票。

门口两侧站着好大一群人——有男孩，有女孩，有大兵，有卖柠檬汽水的，有抱吃奶娃娃的奶妈，有消防队员，有投递员，——他们全都围在那儿看一张大海报：

木偶戏院

只演一场

欲看从速！

欲看从速！

欲看从速！

布拉蒂诺拽拽一个男孩儿的袖子："您能告诉我，多少钱一张门票吗？"

那个男孩不紧不慢地从牙缝里回答他："四个子儿，小木头人。"

"小男孩儿，您看，我出门的时候忘记带钱包了……您能借我四个子儿吗？"

那男孩轻蔑地冲他吹了声口哨说："你以为我傻呀！"

"我特别特别特别想看木偶戏！"布拉蒂诺眼里含着泪水，"给我四个子儿，我把这件呱呱叫的上衣卖给你……"

"纸做的上衣值四个子儿？你去卖给傻瓜吧！"

　　"那么，我把这顶顶呱呱的尖帽子卖给你……"

　　"你的尖帽子只能用来捞蝌蚪……你去卖给傻瓜吧！"

　　布拉蒂诺的鼻子都冰凉了——他实在太渴望进戏院里去看戏了。"这样吧，小朋友，给我四个子儿，我把我的新识字课本卖给你……"

　　"带画的吗?"

　　"图画呱呱呱呱叫，还有好大的字呢。"

　　"好，给我吧。"那男孩儿说着接过识字课本，勉强地数了四个子儿给他。

　　布拉蒂诺急忙跑到那满脸笑容的胖阿姨那儿，叽叽呱呱地叫着说："喂喂喂，我要坐在第一排，我要看木偶戏，我要看你们这只演一场的木偶戏！"

木偶戏演出的时候木偶们认出了布拉蒂诺

　　布拉蒂诺满心欢喜地坐在第一排盯着面前的戏幕看。戏幕上面画着一些跳舞的小人儿——还有一些姑娘戴着黑色的假面具、一些吓人的大胡子头上戴着缀有星星的尖帽子，此外，还有一个有鼻子有眼睛的和薄饼差不多的太阳以及各种各样好玩儿的图画。

　　在响了三遍铃之后，幕布终于升起来了。戏台不大，一排用硬板纸做的树从右到左竖着。它们的上边吊着一盏像月光一样的灯，底下是一面镜子，反射着灯光，此时，有两只棉花做的、嘴巴是金色的天鹅在上面游泳。

　　一个穿了一件长袖子的白色衬衫的小人儿从一棵硬板纸做的树后面走了出来，他脸上扑了像牙粉一样白的粉。他冲尊敬的观众们鞠了个躬后，紧皱着眉头说："大家好，我叫皮埃罗……现在我们将为大家表演一个非常著名的喜剧，戏的名字叫《天蓝色头发的姑娘》（又名《三十三个后脑勺》）。这是一部非常滑稽的喜剧，在戏中我将要挨棍子，吃耳光，被打后脑勺。"

从另一棵硬板纸做的树后面又出来一个小人儿，身上穿着全是方格的衣服，那衣服和棋盘很像。

他也向尊敬的观众们鞠了个躬："大家好，我的名字叫阿尔莱金！"说完他就扭过身，冲着皮埃罗劈劈啪啪就是两个耳光，打得皮埃罗脸颊上的白粉直往下掉。

"你为什么这么不开心啊，傻瓜？"

"我皱眉头是因为我想娶老婆。"皮埃罗回答说。

"那你为什么不娶呢？"

"因为我的未婚妻现在不见了……"

"哈哈哈——"阿尔莱金捧着肚子哈哈大笑，"你简直就是一个大傻瓜……"

他拿起一根棍子向皮埃罗打过去："你未婚妻的名字叫什么？"

"你能不能别再打我了？"

"不，这只不过才刚刚开始！"

"这么说吧，她的名字叫马尔维娜，人们又叫她天蓝色头发的姑娘。"

"哈哈哈，"阿尔莱金大笑起来，冲皮埃罗的后脑勺打了三下，"尊敬的观众们，大家请听我说……你们听说过姑娘有长天蓝色头发的吗？"说着他把脸转向观众，忽然发现前排长凳上坐着个小木头人：嘴巴一直裂到了耳朵边，鼻子长长的，戴着一顶尖帽子，帽子尖上有撮穗子……

"大家快看，布拉蒂诺在这儿呢！"阿尔莱金用一个手指头指着小木头人喊起来。

"天哪，是活生生的布拉蒂诺！"皮埃罗也甩着两个长袖子使劲地叫。

紧接着从一棵棵硬板纸做的树后面跑出来许多的木偶——有戴黑色

假面具的姑娘，戴尖帽子的非常吓人的大胡子，拿钮扣做眼睛的毛茸茸的小狗，鼻子像黄瓜一样的驼子……

他们全都冲台口的那一排蜡烛跑过来，站在脚灯前面一边看着，一边叽哩呱啦地抢着叫个不停："是布拉蒂诺！真的是布拉蒂诺！快乐的小滑头布拉蒂诺，快来和我们在一起吧，来呀！"

布拉蒂诺听了，就从凳子上站起来跳到了提词人小室，然后从提词人小室跳上了舞台。木偶们上前拉住他，和他又亲又抱又拧的。最后全体木偶一起唱了首《小鸟舞曲》：

小鸟一早就在草地上，

跳起波尔卡舞舞步。

嘴巴向左，尾巴向右——

这是"卡拉巴斯"式的波尔卡舞。

癞蛤蟆演奏着低音提琴，

两只甲虫在咚咚打鼓。

嘴巴向左，尾巴向右——

这是"巴拉巴斯"式的波尔卡舞。

小鸟大跳波尔卡舞，

因为它们都笑的乐扑扑。

嘴巴向左，尾巴向右——

这个就是波尔卡舞……

观众们都很受感动。一位奶妈甚至眼泪都流了出来。还有一些消防队员居然放声哇哇哭了起来。

只有坐在后排凳子上的那些小孩很是气愤，顿着脚喊："亲嘴亲够了，又不是小孩子，赶快演下去吧！"

听到前面这么吵闹，一个人从后台探出头来。这个人长得实在是太吓人了，看他一眼几乎就会把人吓个半死。他那把乱糟糟的长胡子一直拖到地上，两只眼睛突出来骨碌碌地转，牙齿在大嘴巴里咬得嘎巴嘎巴地响，仿佛这根本就不是个人，而是一条鳄鱼。他的手里还拿着一根用七条尾巴制成的鞭子。这个人正是木偶戏院的老板、木偶学博士卡拉巴斯·巴拉巴斯先生。

"哈哈哈，呼呼呼！"他走过去冲布拉蒂诺大声叫着，"原来是被你搅乱了？我这出顶呱呱的喜剧刚刚演得那么好！"

他一把就抓住布拉蒂诺，并且把他挂到了戏院贮藏室里的钉子上。转过身来，他又接着用他那根七尾鞭去恐吓那些小木偶，逼迫他们把剩下的戏演完。

那些木偶们勉强把剩下的戏演完。戏幕就落下来了，观众也都陆续回家了。木偶学博士卡拉巴斯·巴拉巴斯先生到厨房里去吃晚饭。

为了避免自己的长胡子碍事，他把它塞到口袋里，然后在炉子跟前坐下。炉子上有一根叉着一只兔子和两只小鸡的铁叉子在翻烤。

他吮吮自己的手指头，碰碰那些正在烤着的东西，觉得还差那么一点儿火候。

炉子里的木柴快用完了，他拍了三下手掌。阿尔莱金和皮埃罗马上跑了进来。

"把布拉蒂诺那个小流氓给我带进来，"卡拉巴斯·巴拉巴斯先生说，"他是干木头做的，如果把他扔到火里，那么，我烤的东西很快就可以熟了。"

阿尔莱金和皮埃罗连忙跪下来央求他放过可怜的布拉蒂诺。

"把鞭子给我拿来！"卡拉巴斯·巴拉巴斯大声嚷嚷起来。

于是他们只好哭着走进贮藏室，把布拉蒂诺从钉子上拿下来，然后把布拉蒂诺带到了厨房里。

卡拉巴斯·巴拉巴斯老板没有烧布
拉蒂诺，反而给他五个金币，放他回家

现在，两个木偶带进来布拉蒂诺，把他放在炉子围栏旁边的地板上。此时，卡拉巴斯·巴拉巴斯先生正好像吓人似地呼哧呼哧大口喘着粗气，并且用拨火棍拨着炭火。他的眼睛里忽然布满了血丝，先是鼻子，紧接着整张脸都布满了皱纹。肯定是有颗炭屑落进他的鼻孔里面去了。

"啊——啊——啊——"卡拉巴斯·巴拉巴斯翻起了白眼，"啊嚏!"他这个喷嚏打得炉子上的炭灰直往上冒。

通常，木偶学博士要么不打喷嚏，要么一打起来就没完没了，少则五十个，多的时候要一气打上一百个。

由于连续打这种惊人的喷嚏，他的力气就耗得差不多了，心肠也就软了些。

皮埃罗悄悄地跟布拉蒂诺嘀咕着："趁他打喷嚏，试着求他……"

"啊——嚏!啊——嚏!"卡拉巴斯·巴拉巴斯张大了嘴巴开始吸气，然后又是摇头顿足，又是一个惊天动地的大喷嚏。

厨房的玻璃被震得咣当咣当直响，钉子上挂的平底煎锅和圆底炒锅也被震得摇摆个不停。

趁着他继续打喷嚏，布拉蒂诺用略带哭腔的尖细嗓子哀求他："我可命真苦啊，连个可怜我的人都没有……"

"别嚷嚷!"卡拉巴斯·巴拉巴斯大喊，"别打扰我——啊——嚏!"

"先生，祝您长寿。"布拉蒂诺哽咽着说。

"谢谢……怎么，你父母都健在吗?啊——嚏!"

"我生下来就没有妈妈，先生。唉呀，我的命真苦啊!"布拉蒂诺叫得那么刺耳，令卡拉巴斯·巴拉巴斯觉得好像有针在耳朵里扎一样。

他咚咚咚地跺起脚来："我已经告诉过你了，别吵吵！啊、啊——嚏！你爹还活着吗？"

"我那可怜的爹还在。先生。"

"如果我用你来烤兔子和小鸡，被你爹知道了，我能想象得出他会怎么样，啊——嚏！"

"我那可怜的爹反正不久就会被冻死或者饿死了。我可是他唯一的依靠。同情同情我，把我放了吧。先生。"

"见一万个鬼！"卡拉巴斯·巴拉巴斯怒吼起来，"我管他可怜不可怜。兔子小鸡必须得烤熟。你必须给我钻到炉子里面去。"

"先生，这件事恐怕我做不到。"

"为什么？"卡拉巴斯·巴拉巴斯问道。

他问这句话的目的，只是为了让布拉蒂诺能接着说话，而不要在他的耳朵边尖声直叫。

"先生，因为我曾经试过一回，想把鼻子伸到炉子里去，可结果却戳了一个洞。"

"简直是乱说一气！"卡拉巴斯·巴拉巴斯听了很诧异，"你怎么可能用鼻子把炉子戳个洞呢？"

"先生，那是因为炉子和火上吊着的锅子都是画在一块旧布上的。"

"啊——嚏！"卡拉巴斯·巴拉巴斯这声喷嚏打得实在是太响了，以致于皮埃罗飞到了左边，阿尔莱金飞到了右边，而布拉蒂诺则像个陀螺似地骨碌碌转起圈来。

"你是从哪儿看见炉子、火和锅子是画在布上的？"

"在我爹卡洛的房间里。"

"卡洛老头儿是你爹！"卡拉巴斯·巴拉巴斯马上从椅子上跳起来，摆着手，大胡子胡乱飞着，"如此说来，它是在老卡洛的房间里，那个秘密的……"

然而卡拉巴斯·巴拉巴斯很明显不想把一个什么秘密给泄露出来，他急忙用两个拳头堵住了自己的嘴巴。他用突出来的眼睛看着快要熄灭的火，愣着神坐了一会儿。

"好吧，"他最后说，"我晚饭就将就着吃那没烤熟的兔子和还生的小鸡吧。我放过你，布拉蒂诺。不仅如此……"他从大胡子底下的背心口袋里，掏出五个金币，递到布拉蒂诺的手中。

"不仅如此……你拿着这些钱回去交给卡洛。还代我向他问个好，并且告诉他，我求求他千万别被冻死或者饿死，最要紧的是无论如何也别离开他那间破屋子，那间旧布上画着炉子的屋子。去休息吧，赶紧早点跑回家。"

布拉蒂诺把那五个金币装进口袋，毕恭毕敬地鞠了个躬，回答说："非常感谢您，尊敬的先生。您把钱交到我的手里，没有什么能比这更可靠的了……"

阿尔莱金和皮埃罗带着他来到了木偶寝室。

到了那里，所有的木偶们再次对他又抱又亲，又推又拧……

真的搞不清楚，他居然逃脱了被扔进炉子给烧死的可怕命运。他小声对木偶们说了句："看样子，这里头似乎隐藏着一个见不得人的秘密。"

布拉蒂诺一路回家，遇到两个乞丐——
花猫巴西利奥和狐狸阿利萨

第二天清晨起床的时候，布拉蒂诺又重新把钱给数了一遍——金币的个数跟一只手的指头数目同样多——五个。

他攥紧这五个金币，就蹦跳着跑回家，还一路跑一路唱着："我要买一件新上衣送给卡洛老爹，买许多罂粟籽三角蛋糕，买个大公鸡棒头糖……"

刚看不见木偶戏院的布篷和迎风飘扬的旗子，布拉蒂诺就在扬着尘土的路上碰到了两个乞讨的。

他们满脸沮丧地慢步走来：一个是三条腿一瘸一拐的狐狸阿利萨，一个是瞎眼猫巴西利奥。

虽然这只猫的名字也叫巴西利奥，身上也是一道道的条纹，但不是布拉蒂诺昨天在街上碰到的那只。

他正想走过去，狐狸阿利萨用阿谀奉承的声音对他说："你好，善良的布拉蒂诺！这么匆匆忙忙的要去哪儿呀？"

"回卡洛老爹那儿。"

狐狸更加谄媚地叹了口气说："我真的不确定你见到的可怜的卡洛是否还活着，他又饿又冷，已经快要支撑不下去了……"

"你看到这个了吗？"布拉蒂诺摊开手掌，给它看那五个金币。

狐狸一见到金币，就情不自禁地把爪子朝他伸过来，猫一下子瞪大它那双瞎眼睛，它们闪闪发光，就像两盏绿莹莹的灯。然而这些布拉蒂诺全然没有留意到。

"善良的布拉蒂诺，你准备如何花掉这些钱呢？"

"买一件新上衣给卡洛老爹……买一本新的识字课本……"

"买识字课本？唉呀，唉呀！"狐狸阿利萨晃着头说，"读书无法带给你好处的……我就是一个例子，读啊读啊，最后只能用三条腿走路。"

"买识字课本？"花猫巴西利奥气愤地说，"就为了读那些该死的书，我的眼睛都读瞎了……"

路旁一根枯树枝上停着一只老乌鸦。它听着听着，嘎嘎叫起来："骗人，骗人！……"

花猫巴西利奥立刻蹦得老高，一爪子就把它扫下来了，乌鸦的半条尾巴被拉掉了。

乌鸦费了好大力气逃走了，猫随即又扮作瞎子。

"花猫巴西利奥，您怎么能这么对它？"布拉蒂诺很诧异地问它。

"还以为是条小狗在树上呢，"猫回答说，"我看不清楚……"

他们三个沿着尘土飞扬的大道向前走。

狐狸说："充满智慧的小木偶，你想让你的财富增加十倍吗？"

"那是自然！你有什么办法啊？"

"很容易。你跟我们走。"

"去哪儿？"

"去傻瓜城。"

布拉蒂诺想了想。"不去了，我现在只想回家。"

"那请吧，我们可没强迫你，"狐狸说，"你会吃亏的。"

"你会吃亏的！"猫生气地说。

"是你自己和自己过不去的。"狐狸说。

"是你自己和自己过不去的！"猫埋怨着说。

"否则，你这五个金币马上就变成一大堆金币了……"

布拉蒂诺站住，张大嘴巴："你骗人！"

狐狸蹲在它那条大尾巴上，舔舔嘴唇："你听好，傻瓜城有块魔地，叫做'宝地'……只要在这块儿宝地上挖个坑，念上三遍'克莱克斯，费克斯，佩克斯'，然后把金币放下去，上面盖好土，再撒点盐，浇上水，然后去睡觉。这样过了一夜，坑上就会有小树长出来，树上可不是长叶子，而是挂满了金币。你知道吗？"

布拉蒂诺听了后，几乎要气得跳起来。"你是在骗人！"

"咱们走吧，巴西利奥，"狐狸气愤地转过鼻子说，"不相信就算了……"

"不，不，"布拉蒂诺不知什么原因忽然改变了主意，并大叫起来，"我相信，我相信……那咱们现在就赶快到傻瓜城去吧！"

在"三鱼饭馆"

远远地，布拉蒂诺、狐狸阿利萨和花猫巴西利奥他们三个从山上下来，穿过田野、葡萄园、松树林子，到了海边，然后又转过身离开海边，从原来的松树林子、葡萄园重新穿过……

坐落在土冈子上的小城，连同小城上空的太阳一会儿在右边，一会儿又在左边……

狐狸阿利萨感叹地说："唉，去趟傻瓜城可真难，我三只脚都快要磨破了……"

走到天色已晚时，他们就看到了路旁有座平顶旧房子。

大门上挂着个牌匾，上面写着四个字：三鱼饭馆。

饭馆老板亲自跑出来迎接客人，他摘掉秃头上的帽子，深深地鞠躬，请他们进去。

"哪怕我们吃点干面包皮也行呀。"狐狸说。

"就是请我们吃块面包皮也好呀。"猫重复了一遍。

他们三个走进饭馆，在炉子旁边坐下，好多好吃的东西正在炉子上的铁叉子和煎锅里面烤着煎着。

狐狸不停地舔着嘴唇，花猫巴西利奥把两个爪子搁在桌上，胡子脸搁在爪子上，眼睛盯着那些吃的东西。

"喂，老板，"布拉蒂诺郑重其事的说，"给我们来三块儿面包皮……"

这么尊贵的客人居然只要这么一点儿东西，老板惊讶得几乎要四脚朝天地摔倒在地了。

"老板，聪明调皮的布拉蒂诺是在逗您呢。"狐狸笑嘻嘻地说。

"他是在逗您。"花猫又嘟囔了一遍。

"先来三块面包皮，还有……那边那只烤得香气扑鼻的羊羔，"狐狸说，"再来那只鹅，还有铁叉子上的那对鸽子，唔——对了，再来点儿肝什么的……"

"来六条最肥的鲫鱼，"花猫跟着点菜，"再来条生的小鱼做冷菜。"

总之，凡是炉子上有的东西它们都要了，只给布拉蒂诺留了一块面包皮。

所有的菜都被狐狸阿利萨和花猫巴西利奥连肉带骨头吃个精光。

它们两个的肚子也鼓了起来，脸上也有了光彩。

"咱们先休息一段时间，"狐狸说，"晚上十二点整咱们就出发。老板，到时候别忘了把我们唤醒……"

狐狸和花猫躺在两张软绵绵的床上睡着了，又是打呼噜又是吹口哨。布拉蒂诺则在墙角狗睡的干草上打盹……

在梦里，他看见了一棵树，上面长满了圆圆的金叶子……

他刚把手伸出去——

"喂，布拉蒂诺先生，该醒了，已经半夜了……"

外面有人敲门。

布拉蒂诺跳起来，擦擦眼睛。

猫和狐狸都没在床上。

老板跟布拉蒂诺说："您的两位贵友提早就起床了，他们吃完了冷馅饼，先上路了。"

"它们委托您要告诉我什么吗?"

"他们要我告诉您——布拉蒂诺先生，出门一刻也别停，马上顺着大道跑到林子里去。"

布拉蒂诺立即就想冲出门去，可老板站在门坎把他给挡住了，眯缝起眼睛，两只手叉着腰："谁来付晚饭钱?"

"唉呀，"布拉蒂诺叽叽叫，"一共多少钱啊?"

"恰好一个金币。"

布拉蒂诺立刻想从他的两条腿中间钻过去，可是老板手里拿着铁叉子，而且，他的板刷胡子，就连耳朵上的头发都已经笔直的竖了起来。

"赶紧把钱付了，小坏蛋，否则就把你像只小虫子一样刺死！"

布拉蒂诺无奈地从五个金币当中拿出一个来把饭钱付了。

他难受得不住地大声叹息，十分沮丧地从这家该死的饭馆离开了。

夜里很暗，不仅仅暗，而且黑得就像煤烟。

周围什么也看不见，只有一只夜鸟悄无声息地在小木头人的头顶上飞。

这是只角鸮，它用柔软的翅膀碰碰他的鼻子，反复说着："别信，别信，别信！"

布拉蒂诺十分恼火地停下脚步："你说什么？"

"不要相信猫和狐狸！"

"一边儿去！"

他跑远了，还听见那只角鸮紧随其后尖声喊叫着："你可一定要小心啊，这路上真的有强盗……"

两个强盗拦路抢劫布拉蒂诺

布拉蒂诺走在路上，这时，远处的天上出现了一点点儿绿莹莹的光——那是月亮已经升起来了。

前面只见黑黢黢的一片森林。

布拉蒂诺加快了步伐。

后面似乎有什么人也跟着加快了脚步。

布拉蒂诺撒腿就跑。

后面的人也悄无声息地跑着追他。

他扭头一看：有两个家伙正朝他追过来！

他们头上都套着布口袋，眼睛的位置挖了两个小窟窿。矮的一个挥舞着刀，高的一个手拿着枪，枪口外扩，看样子像个漏斗……

"唉——哟，唉——哟！"布拉蒂诺尖声叫起来，仿佛像兔子一样往黑黢黢的林子里奔去。

"停下，停下！"两个强盗大喊。

虽然布拉蒂诺吓昏了头，可还是想到了把四个金币塞到嘴里，然后从大道上转弯准备溜到长满悬钩子的篱笆那里……

可就在此时，两个强盗一把把他给抓住了……

"不把钱包交出来，你的命就不保！"

布拉蒂诺假装听不懂他们问他要什么，只是自己在用自己的鼻子喘气。

两个强盗揪住他的领子，把他摇来晃去，一个用手枪指住他，一个翻他的口袋。

"你的钱在哪？"高的一个凶狠地冲他喊道。

"钱，钱呢？该死死死死的家伙！"矮的一个嘶嘶地说。

"我要把他撕个粉碎！"

"我要把他的脑袋咬掉！"

布拉蒂诺给吓得浑身颤抖，他嘴里的金币也开始叮叮当当地响起来。

"他的钱就在那里！"两个强盗大喊着，"钱就在他的嘴里——"

他们一个抓住布拉蒂诺的头，另一个抓住布拉蒂诺的脚，把他一上一下地扔来扔去。可小木头人只是把嘴闭得更严。

两个强盗把他的脚朝上倒立过来，把他的脑袋往地上狠劲撞。

可仍旧拿他没辙。

矮的那个强盗拿起刀来撬他的牙齿。

就在快要撬开的时候……突然，布拉蒂诺扭过身，竭尽全力在他的手上咬了一口……可这原本不是手，而是只猫爪子！

那个强盗疼得惨叫一声，布拉蒂诺借机摆脱了他们，像蜥蜴似的窜到树篱那儿，迅速钻进长刺的悬钩子丛，只留下那被刮掉的几片裤子和上衣碎片在刺上晃悠。

当他钻到了树篱另一侧时，便径自朝林子里奔去了。

两个强盗又在林子边上追上了他。他猛地向上一跳，就抓住一根晃来晃去的树枝，顺着树枝爬上了树。

两个强盗也跟着爬上树来。可他们头上罩的布口袋现在倒成了他们上树的阻碍。

布拉蒂诺爬到树梢，使劲摇着树，然后顺势一跳就跳到旁边的一棵树上。但两个强盗也紧随其后……

然而，这两个家伙却"啪嗒"一声，给掉到了地上。

趁他们在那里唉哟唉哟喊疼并且使劲揉屁股的工夫，布拉蒂诺从树上跳下来，撒腿就跑，两条腿快得都看不清楚了。

月光下的树木留下长长的树影，整个林子一道一道的……

布拉蒂诺一会儿就消失在树影中看不到了，一会儿又借着月光能看见他的白色尖帽子闪过。

就这样他来到了一个湖边。

月亮悬在像镜子一样的湖面上空，就像木偶戏院里的那个月亮。

无论布拉蒂诺往哪边跑，都是烂泥浆，而此时后面干树枝又咔嚓咔嚓响起来了……

"抓住他，抓住他！"

两个强盗已经离他很近了，他们从湿漉漉的草上用力地蹦起来，寻找着布拉蒂诺。

"他在那儿！"

布拉蒂诺只好跳水了。

正在这时，他看见一只白天鹅在河岸边睡觉，它的头就躲在翅膀底下。

布拉蒂诺跳到湖里，潜到水底下，一下就把天鹅的脚抓住了。

"嘎——嘎，"天鹅叫了一声，惊醒了，"搞什么恶作剧，实在太过分了，快松开我的脚。"

天鹅张开自己的两只大翅膀，就在两个强盗马上就要抓住布拉蒂诺还在水面露着的两只脚的时候，天鹅恰好平稳地飞了起来，飞过了整个湖面。

到了湖的对岸，布拉蒂诺松开了天鹅的脚，"啪嗒"一声掉了下来，撒开自己的两腿，从长着青苔的土墩跑过，穿过芦苇，然后就朝着在山冈上空的大月亮跑过去了。

强盗们把布拉蒂诺倒吊在树上

布拉蒂诺累得实在是迈不动步了，就像秋天窗台上的苍蝇。

他突然看到在榛树的后面有一块漂亮的青草地，草地正中央，有一座被月光照得亮堂堂的小房子。

这小房子四面有四个小窗子，护窗板上有太阳、月亮和星星的图案。

大朵大朵的天蓝色花在小房子的四周盛开。

小径上铺着一些干净的沙子。

喷水池喷出细长的一道水，水上有一个满是条纹的小球在鲜活的蹦跳。

布拉蒂诺爬上了屋子门前的台阶。

他敲敲门，没有人回应他。他只好敲得更用力些——里面的人很可能在酣睡。

正在这时，两个强盗也已经从林子里跑出来了。

他们也是从湖里游过来的，浑身上下没有一处是干的。但一发现布拉蒂诺，矮的那个强盗马上便发出和猫一样的难听的喵喵叫声，高的那个强盗则像狐狸一样哦哦嚷……

布拉蒂诺开始手脚并用，冲着门又是敲又是踢："救救我！好心人！救救我！"

此时，小窗子里探出个脑袋来。

这是一个美丽的小姑娘，有着卷曲的头发，长着个可爱精致的翘鼻子。她的眼睛闭着。

"小姑娘，快把门打开，有两个强盗在抓我！"

"唉呀，乱说什么！"姑娘一边说，漂亮的小嘴一边打着哈欠，"我很困，我的眼睛都睁不开……"

她举起双手，好像还没清醒，只在小窗子里伸了个懒腰，就又消失了。

布拉蒂诺只好万念俱灰地趴在地上，鼻子插在沙子里装死。

两个强盗跑到他身边："哈哈，看你这回往哪逃！"

为了让布拉蒂诺张开嘴，难以想象他们还有什么办法没有试过。如果不是他们在路上追赶的时候弄丢了刀和手枪，可怜的布拉蒂诺的故事或许到这儿早就该划上句号了。

最终，两个强盗决定把布拉蒂诺倒吊起来。

他们用绳子把他的两只脚捆住，并且把他倒吊在一棵橡树的树枝上……

他们则坐在橡树底下，伸直湿淋淋的尾巴，守在那儿等着他嘴里的金币掉下来……

天亮时刮了一阵风，吹得橡树上的叶子发出沙沙的响声。

布拉蒂诺像一小块儿木头似的晃来晃去。

两个强盗仍旧坐在他们那被水湿透的尾巴上等……

"老朋友,你就这么吊到深夜。"他们凶狠地说着,最终,他们还是先去路边找饭馆吃饭去了。

天蓝色头发的小姑娘救了布拉蒂诺的命

天亮了,那些散布在天空中的朝霞甚是美丽。草地此时变成了灰蓝色,天蓝色的花朵上缀满了露珠儿。

有着一头天蓝色鬈发的小姑娘再次将头探出了小窗子,擦擦睡醒了的美丽的眼睛,瞪得大大的。

这位小姑娘不是别人,正是卡拉巴斯·巴拉巴斯先生那个木偶戏院里面最美丽的一个小木偶。

她不堪忍受老板的折磨,便只身从戏院里逃出来,住到这片灰蓝色林中草地上的这座孤单的小房子里来了。

因为她是个有礼貌的温柔小女孩儿,所以飞禽走兽和昆虫都很喜欢她。

走兽给她送来所有的生活必需品。

田鼠送来富有营养的菜根。

老鼠送来糖、干酪和香肠。

尊贵的狮子狗阿尔台蒙送来小面包。

喜鹊把从市场上偷来的银纸包的巧克力糖送给她。

青蛙送来用核桃壳盛的柠檬汽水。

鹞鹰送来烤野味。

金龟子给她送来各种浆果。

蝴蝶送来花粉给她扑脸。

毛虫用从身上挤出的油给她用在吱嘎吱嘎响的门上。

燕子把房子周围的胡蜂和蚊子都捉光……

此时，天蓝色头发的小姑娘刚把眼睛睁开，就发现了倒吊着的布拉蒂诺。

她双手把脸捂住，叫了起来："唉哟，唉哟，唉哟！"

那条高贵的狮子狗阿尔台蒙来到小姑娘的窗下，呼扇着耳朵。

它刚刚剃干净后半身上的毛，这是它每天都要做的。前半边身上的卷毛它已经精心梳过，尾巴尖上那撮穗子似的毛上扎了个黑色蝴蝶结。在前面的一只爪子上戴着个银手表。

"你需要我做什么？"阿尔台蒙把鼻子扭到一边，龇起了上嘴唇，露出了雪白的牙齿。

"阿尔台蒙，快去喊几个帮手！"小姑娘说，"救救不幸的布拉蒂诺，送他到我屋里来，再去请几位医生来给他看病……"

"是！"阿尔台蒙已经跃跃欲试了，听完它就扭转身子，带着水汽的沙子从它后腿的爪子底下四处飞扬……

它跑到蚂蚁窝那儿，汪汪汪把所有的蚂蚁都叫醒了，派了四百名蚂蚁去把吊着布拉蒂诺的绳子给咬断。

四百名神气十足的蚂蚁排着整齐划一的队伍，顺着狭窄的小道一字儿爬上了橡树，把绳子给咬断了。

阿尔台蒙用两只前爪把掉下来的布拉蒂诺给接住，把他带回家……

它把小木头人安置在床上，就跑进林子里把人人皆知的猫头鹰大夫、癞蛤蟆医士和瘦得像干树枝的螳螂郎中都给请来了。

猫头鹰把耳朵贴到布拉蒂诺的胸口上仔细听着。

"病人很可能要死了，恐怕活不成了。"它压低声音说着，把头扭开一百八十度。

癞蛤蟆用有些潮湿的趾爪揉了布拉蒂诺好久。它一面想着，一面瞪着向外突着的小眼睛看了一遍周围。

它吧哒吧哒着大嘴巴："病人很可能会继续活下来，不会死……"

螳螂郎中用它干枯得如同草根一般的两只手去摸布拉蒂诺。"两者肯定有一个是真的，"它沙沙地说，"病人不是活着就是死了。如果他是活着，那么，他要么继续活下去，要么是活不下去。如果他是死了，那么，他要么是能活过来，要么是活不过来。"

"招招招摇撞骗。"猫头鹰说着，呼扇着软软的翅膀，飞到漆黑无比的顶楼上去了。

癞蛤蟆气得浑身的疙瘩都鼓起来了……"多多多多么没没没没礼貌!"它一边咯咯地叫着，肚子一边一鼓一鼓的，而后便啪嗒啪嗒地蹦跳到潮湿的地窖里面去了。

为了逃避麻烦，螳螂郎中扮作一根干树枝，跳到了窗子外面。

小姑娘拍着美丽的小手："那请你们告诉我该喂他吃什么药呢?"

"蓖麻油。"癞蛤蟆从下面的地窖里咯咯叫。

"蓖麻油!"猫头鹰在顶楼上用轻蔑的口气哈哈大笑。

"千万不要喂他吃蓖麻油，就是不能喂他吃蓖麻油。"螳螂在窗外咬着牙说。

听到这话，衣衫褴褛、浑身乌青的布拉蒂诺哼哼着说："不需要吃蓖麻油，因为我感觉挺好的。"

天蓝色头发的小姑娘关心地弯下腰对他说："布拉蒂诺，我请求你——把眼睛闭上，捏住鼻子，把药吃了吧。"

"我不吃，我不吃，我不吃!"

"我给你一块方糖……"

一只白老鼠立刻顺着被子爬上了床，并且叼来一块方糖。

"你乖一点我就把糖给你。"小姑娘说。

"我只要糖……"

"你要明白，你不吃药是会死的。"

"我宁愿死也不吃蓖麻油。"

于是小姑娘学着大人的口吻凶巴巴地说："你把鼻子捏住，看着天花板……一，二，三！"

她把蓖麻油灌进布拉蒂诺的嘴里，又立刻塞给他方糖，并且亲了他一下。"好了！"

一切圆满结束。

高贵的阿尔台蒙也很开心，它咬住自己的尾巴，在窗下团团转，不停地转呀，转呀，就好像有数不清的爪子、耳朵和发着光芒的眼睛都在它的四周不停地旋转。

天蓝色头发的小姑娘想教育布拉蒂诺

布拉蒂诺醒来的时候，已经是第二天的早上了，他心情好了，身体也恢复了健康，就像什么事情也没有发生过一样。

天蓝色头发的小姑娘正在花园里的小桌子旁边坐着等他，桌子上摆满了玩具盘子和杯子之类的东西。

她的脸刚洗过，此刻，翘鼻子和脸蛋上也扑上了花粉。

她在等着布拉蒂诺。

布拉蒂诺来了，她把他从头到脚打量了一番，不禁皱起了眉头。

她请他坐到桌子旁边来，在一个稍大一点儿的杯子里倒了一杯可可茶。

布拉蒂诺坐到桌子旁边，蜷起自己的一条腿，把脚塞到屁股底下。

他咬也不咬，就把杏仁饼整个整个地往嘴里塞，咕嘟咕嘟就吞下去了。

他直接把五个手指头伸到一盘蜜饯里，高兴地反复舔着手指头。

趁小姑娘扭过身扔点饼屑喂老步行虫时，他端起咖啡壶，对着壶嘴把所有的可可茶都喝光了。

他呛了一下，结果可可茶也喷到了台布上。

小姑娘严厉地对他说："别把脚坐到屁股下面，要拿出来放到桌子底下。别用手直接抓东西吃，吃东西时要用勺子和叉。"她激动得睫毛都在眨，"是谁这么教育您的，您倒说说看？"

"有时候是卡洛老爹，有时候没有谁教我。"

"现在就由我来教育您，您放心吧。"

布拉蒂诺心里想："这下可完了！"

狮子狗阿尔台蒙围着房子周围的草地上跑来跑去，不停地去追小鸟。

小鸟一落到树上，它便仰起头，使劲往上又蹦又跳，同时压着嗓子汪汪叫。

布拉蒂诺对它充满了羡慕，心里想："它追鸟可真有趣。"

他现在得规规矩矩地在桌子旁边坐着，全身像有无数蚂蚁在爬。

这顿折磨人的早饭终于吃完了。

小姑娘命令他把鼻子上的可可茶擦掉。她整理了一下衣服上的褶子和花结，拉着布拉蒂诺的手，带他进屋准备教他读书。

快乐的狮子狗阿尔台蒙在草地上来回跑着，汪汪直叫，小鸟一点都不怕它，欢快地叽叽喳喳，微风也轻快地在树顶上吹拂。

"把你身上的破衣服脱下来，给您换上好看的上衣和裤子。"小姑娘说。

四个裁缝，就是：脸色阴沉，一言不发的单干老师傅大虾，戴冠毛的灰色啄木鸟，大甲虫，还有一只老鼠。

它们用小姑娘的旧衣服缝制了一套非常帅气的男孩衣服。

大虾负责剪裁；啄木鸟用尖嘴啄出小洞，又负责缝纫；甲虫用后脚搓线；老鼠把线咬断。

穿小姑娘用过的东西，布拉蒂诺显得有些难为情，但最后还是换上了。他吸着鼻子，偷偷把四个金币藏到新上衣的口袋里。

"现在坐好，把手放到前面来，挺直背，"小姑娘说着，拿起一支粉笔，"咱们先来学习数学……您口袋里有两个苹果……"

布拉蒂诺调皮地眨眨眼："您骗人，我一个苹果都没有……"

"我的意思是，"小姑娘耐心地又讲了一遍，"假设您口袋里有两个苹果。有人拿走了一个，您还有几个苹果？"

"两个。"

"再仔细想想。"

布拉蒂诺皱起眉头，使劲地想了一遍，还是回答："两个……"

"怎么是两个？"

"人家要拿，但我不给！"

"您对数学一窍不通，"小姑娘伤心地说，"好，咱们来默写吧。"

她抬起美丽的眼睛望着天花板。

"您把：'茶壶装壶茶'写下来。写好啦？现在请您反着念一遍这个巧妙的句子。"

咱们知道，布拉蒂诺还不怎么认识钢笔和墨水。

小姑娘刚说道："写吧。"他便立刻把鼻子伸到墨水里，一滴墨水顺着他的鼻子滴到了纸上，他有点儿害怕。

小姑娘拍着两手，差点哭出来。

"您这个小淘气实在是太气人了，该得到惩罚！"

她把头探出小窗子。

"阿尔台蒙，带布拉蒂诺到黑房间去。"

高贵的阿尔台蒙立刻出现在门口，雪白的牙齿又露了出来。它咬住布拉蒂诺的小上衣，倒退着把他拖到了贮藏室里。

贮藏室的墙角都布满了蜘蛛网，上面还吊着几个大蜘蛛。

阿尔台蒙把布拉蒂诺关在里面，又凶巴巴地汪汪叫了几声，它是想狠狠地吓唬吓唬他。

小姑娘扑倒在有花边的玩具床上，不禁呜呜地哭起来，她感觉很无奈，不得不这么凶地对待小木头人。既然决定要教好他，那么就得坚持到底。

布拉蒂诺在黑房间里破口大骂："这个笨丫头……哼，自己把自己当成老师了……脑袋是瓷做的，身体是用棉花填的……"

忽然从贮藏室里传来轻微的吱吱声，仿佛是谁在磨牙齿："你听着，你听着……"

布拉蒂诺抬起被墨水弄脏了的鼻子，在黑暗中依稀辨别出了一只倒挂在天花板下面的蝙蝠。

"你想说什么？"

"等晚上再说吧，布拉蒂诺。"

"轻点声，"墙角的蜘蛛说，"别摇我们的网，别把我们的小苍蝇都给吓跑了……"

布拉蒂诺坐在一个破瓦罐上，用手托着腮。

他遇到过很多困难，这还不算是最糟糕的，可令他气愤的是不公平。

"哪儿有像这样教学生的？……这简直是折磨，根本不是教育……别这样坐，别这样吃……学生还不认识字，她就叫他用墨水写字了……那条狗去追小鸟，它倒没什么……"

蝙蝠又吱吱地叫："等晚上再说吧，布拉蒂诺，我带你去傻瓜城，你的朋友猫和狐狸早就在那里等着你了，幸福和快乐也已经在那里等着你了。还有大把大把的金币也在那里等着你呢！"

布拉蒂诺来到傻瓜城

哭完了，天蓝色头发的小姑娘有些不忍，她走到贮藏室门口说："布拉蒂诺，我的伙伴，您终归是后悔了吧?"

"我一点也不后悔！您别想……"布拉蒂诺正在生气，何况他已经另外有了主意。

"那您就得在黑房间里坐到第二天……"小姑娘难过地叹了口气，只好离开了。

天色已晚。猫头鹰在顶楼上咯咯地叫。

癞蛤蟆爬出了地窖，要用大肚子在水坑的月影上啪嗒啪嗒地跳。

小姑娘在花边小床上睡着了，睡梦中她还伤心地抽抽嗒嗒哭了好一会儿。

阿尔台蒙把鼻子塞到尾巴底下，在小姑娘的卧室门口睡下了。

午夜十二点，小屋子里的挂钟准时敲响了。

蝙蝠从天花板上飞下来。

"时间到了，布拉蒂诺，快逃吧!"它在布拉蒂诺耳朵上面吱吱地叫，"贮藏室的墙角有条老鼠道，一直通到地窖……我在外面的草地上等着你……"它从天窗飞了出去。

布拉蒂诺立刻冲到贮藏室墙角那儿，浑身挂满了蜘蛛网。蜘蛛在他身后生气地嘶嘶叫唤。

他顺着耗子道往地窖里面爬。通道愈发地窄，布拉蒂诺费了好大的劲才挤了过去……突然，他一个倒栽葱掉进了地窖里。

他差点儿掉到捕鼠夹上，又刚好一脚踩在一条刚到饭厅瓦罐里偷喝了牛奶的蛇的尾巴上，最后总算从猫洞里穿过，跑到了外面的草地上。

蝙蝠正悄无声息地在天蓝色的花丛上飞着。

"随我来，布拉蒂诺，我带你到傻瓜城去！"

因为蝙蝠没有尾巴，所以它不像鸟儿那样直飞，而是用带蹼的翅膀上上下下地飞，它这么一上一下的，活像个小魔鬼。

它的嘴始终是张开的，为的是利用好每一分钟，这样一面飞一面活活地吞下蚊子和飞蛾。

布拉蒂诺紧随其后，在那些和他脖子差不多高的草丛里跑着，满是水气的草叶拍打着他的脸。

蝙蝠突然高高地飞向浑圆的月亮，不知冲谁喊了一句："我把他带来了！"

布拉蒂诺突然从峭壁上滚了下去。

滚啊滚啊，最后随着"啪嗒"一声落到了一个牛蒡丛里。

他身上到处都是擦伤，嘴里满是尘土，眼睛也突出了，坐在了那里。

"哈哈，是你！"

花猫巴西利奥和狐狸阿利萨在他面前出现了。

"英勇胆大的布拉蒂诺，肯定是从月亮上落下来的吧。"狐狸说。

"真是怪事，他居然还活着。"猫脸色阴沉地说。

布拉蒂诺见到老朋友很是开心，但他有点儿纳闷，为什么猫的右脚用布缠着，而狐狸整条尾巴都缠着沼地里的水藻。

"不经历风雨就见不到彩虹，"狐狸说，"你终于来到傻瓜城了……"

它用一个爪子指着架在干河床上的破木桥。河对岸成堆的垃圾之间都是些半坍的小房子、折断了树枝的枯树、七扭八歪的钟楼……

"这城里有卖有名的兔皮上衣的，你可以买一件送给卡洛老爹，"狐狸舔着嘴唇，像唱歌似地说，"还有卖五彩图画的识字课本的……唉呀，还有卖好吃的甜馅饼和大公鸡棒头糖的！那些钱还没丢掉吧？可爱的布拉蒂诺？"

狐狸阿利萨把他扶起来，舔舔自己的爪子，把他上衣上的尘土拍打掉，带他走过破桥。

花猫巴西利奥脸色阴沉，一步一瘸地在后面跟着。

已经深夜了，可傻瓜城里的人都还没有休息。

在一条七扭八歪的脏兮兮的街道上，满身草刺、骨瘦如柴的狗孤独地徘徊着，饿得唉声叹气："唉，唉——"

一些身上乱糟糟的羊在咬人行道两侧满是灰尘的草，同时晃着尾巴："倒霉——霉——霉——"

一头母牛低垂着脑袋站着，皮下的骨头清晰可见。

"苦——乌——苦——乌——"它思索着不断地重复着。

一些掉了毛的麻雀在垃圾堆上面蹲着，哪怕用脚踩它们也不会飞走……

只剩稀疏几根尾巴毛的母鸡饿得走都走不动了……

可是交叉路口笔挺地站着些凶恶的叭儿狗警察，头戴三角帽，脖子上套着带刺的颈圈。

它们朝饥肠辘辘、长着癞疮的市民们大呼小叫着："快点走——哦哦哦！靠右——哦哦哦——走！别停留——哦哦哦！"

狐狸扯着布拉蒂诺沿着大街往前继续走。

他们看见一些猫正在月光下散步。它们吃得很饱，鼻子上架着金丝边眼镜，扶着戴包发帽的小猫咪。

一只胖狐狸神气十足地在昂起鼻子散步。它便是本市市长。

一只傲慢的雌狐狸在它身旁走着。爪子里拿着一朵二叶兰花。

狐狸阿利萨压低声音："这些散步的人都在宝地上种了钱……今晚是种钱的最后一晚。等明天太阳升起后，你就可以收获一大堆钱，就可以随心所欲地去买各种你想要的东西了……咱们快走吧！"

狐狸和猫把布拉蒂诺带到一块空地上，那里到处都是些丢弃的破瓦罐、破鞋、破靴、破布……它俩你一言我一语仿佛连珠炮似地抢着说："挖个洞。"

"把金币放进去。"

"把盐撒上。"

"去水洼那儿打点水来，仔细地浇一浇。"

"记得一定要说'克雷克斯，费克斯，佩克斯'……"

"你们两个最好先离我远一些……"布拉蒂诺抓抓沾着墨水的鼻子说。

"我的上帝，你把钱埋在哪儿我们可没有兴趣。"狐狸说。

"老天保佑你！"猫说。

它们走远了一些，在垃圾堆后面藏着。

布拉蒂诺挖了个坑，轻轻地说了三遍"克雷克斯，费克斯，佩克斯"，把那四个金币放进坑里，然后用土盖上，从口袋里捏出一撮盐撒在上面，又到水洼那儿捧来一掬水仔细地浇上去。

忙完这些以后，他就坐在旁边耐心地等着金币长出树来……

警察抓住布拉蒂诺，不容他分说

它们以为布拉蒂诺种上金币以后，就会去休息，可他居然伸长了鼻子，坐在垃圾堆上耐心地等着。

于是阿利萨命令猫留下来看住他，自己跑到最近的警察派出所去。

在派出所一个污烟瘴气的房间里，值班的叭儿狗正趴在满是墨水迹的桌子上，此刻，睡得正香。

狐狸用最谄媚的声音轻声地对它说："威严的值班老爷，能不能麻烦您逮住一名四处流窜作案的小偷啊？要知道，全市所有的大财主和大贵人正面临着可怕的危险啊。"

值班的叭儿狗迷迷糊糊地猛喝一声，"小偷——哦哦哦！啊姆！"吓得狐狸尿都出来了。

狐狸和它进一步说明，说这个危险的小偷就是布拉蒂诺，他此时正坐在空地那里。

这个值班警察不停地在那儿嚷嚷着，摇了一下铃。两只短毛警犬冲了进来。

这两个密探从不休息，它们怀疑所有的人，甚至连自己也不相信，怀疑自己也有犯罪动机。

值班警察命令它们去抓那个危险的罪犯并把他带到派出所里来，死活到不重要。

两个密探简练地回答了一声，就用它们独有的狡猾跑步往空地那里跑去了。

"哦哦！"

最后一百步它们是以肚子贴地的方式爬过去的。

到了那里，它们飞快朝布拉蒂诺猛扑过去，两人一边一个，架住了布拉蒂诺的胳肢窝。然后，就把他扭送到了派出所里。

布拉蒂诺两只脚胡乱地踢着，求它们说明为什么要抓他。

两个密探回答说："到了派出所你就明白了……"

狐狸和猫见机不可失，急忙把四个金币挖了出来。

狐狸分钱分得那么快，以致于结果猫只拿到了一个，它却得到了三个。

猫一言不发，用指甲朝狐狸的脸抓去。

狐狸也用爪子把猫搂住，它俩便在空地上打起滚来，好一会儿的工夫，一直打得猫毛和狐狸毛一撮一撮地飞在月光里。

最后它们都把对方抓得遍体鳞伤，只得将这四个金币平分，然后连夜逃离傻瓜城，直到逃得无影无踪。

这时候两名密探把布拉蒂诺带进了派出所。

值班的叭儿狗从桌子后面爬出来，亲自把他的口袋都搜了一遍。

可是除了一块方糖和一小块杏仁饼，值班警察什么也没有找到，他凶恶地冲小木头人大叫："混蛋，你一共有三项罪名：第一你无家可归，第二你没身份证，第三你是无业游民。把他带出城去，在池塘里淹死。"

两名密探回答说："哦哦！"

布拉蒂诺准备说出他的卡洛老爹，讲讲他的历险经过。

可是白费工夫！两名密探一边一个叉着他的胳肢窝，快步把他架出傻瓜城，从桥上丢到池塘里去了。

这池塘又深又脏，里面满是青蛙、水蛭和水里的小虫子。

随着"扑通"一声，布拉蒂诺掉进了水里，慢慢地，直到什么都看不见了。

布拉蒂诺结识了池塘里的水族，知道四个金币丢掉了，却得到了老乌龟托尔蒂拉给他的金钥匙

如果没有记错的话，布拉蒂诺是用木头做的，是不会淹死的。可他还是吓得在水上躺了好久，浑身都沾满了浮萍。

池塘里的水族在他四周都聚集起来：有以愚蠢闻名于世的大肚子黑蝌蚪，有两条后腿仿佛两把桨的水甲虫，有水蛭，有见到什么吃什么，甚至连自己也不放过的幼虫，还有形色各异的小纤毛虫。

蝌蚪用硬嘴唇挠他的痒，乐不可支地咬着尖帽子上的穗子。水蛭爬进他的上衣口袋里。

一只水甲虫数次爬上他高高伸出水面的长鼻子，再从鼻子尖上燕子式

地跳水。

小纤毛虫曲曲折折地游来游去，快速地抖动着它们和手脚一样的纤毛，想抓点什么食物，可最终反倒自己落到水甲虫幼虫的嘴里去了。

最后把布拉蒂诺给惹得不耐烦了，用脚后跟打起水来："离我远点！我不是你们的淹死猫。"

这些水族一下子吓得四处逃散开来。

小木头人把身体翻了过来，肚子朝下游了起来。

月光下，一些大嘴巴青蛙在睡莲的圆叶子上蹲着，鼓起外突的眼睛盯着布拉蒂诺。

"他游泳的样子好像乌贼！"一只青蛙咯咯地说。

"鼻子长得像鹳鸟似的。"另一只咯咯地说。

"这是海里的青蛙。"第三只咯咯地说。

布拉蒂诺爬上一张睡莲的大叶子想要歇歇脚。

他坐在上面紧紧抱住膝盖，上牙直打着下牙："所有的男孩女孩都喝饱了牛奶，在他们温暖的小床上睡着了，只剩我一个人孤零零地坐在这张湿淋淋的叶子上……能给我点东西吃吗？青蛙。"

众所周知，青蛙是冷血动物。然而如果认为它们没心肝那就错了。

当布拉蒂诺牙齿打着寒战讲述他那些可怜的遭遇时，它们一只接一只地跳起来，后腿一闪，钻到池塘底下去了。

它们从池塘底下找了一些死虫子、蜻蜓翅膀、水藻、虾子，还有一些腐烂的草根。并把这些食物摆在了布拉蒂诺的面前，又跳到睡莲叶子上，像石头一样坐着，仰起它们长着大嘴巴突眼睛的脑袋。

布拉蒂诺用鼻子嗅着，想尝尝青蛙拿给他的是什么吃的。

"我都要吐出来了，"他说，"简直难以下咽！"

青蛙它们听后，又"扑通"一声同时跳到水里去了……

漂在池塘水面上的绿色浮萍随之荡漾起来，一个吓人的大蛇头露了出来。它朝小木头人坐着的那张睡莲叶子游了过来。

布拉蒂诺尖帽子上的穗子都立起来了。

吓得他几乎要再次掉进水里。

可这并不是蛇。而是不会让任何人感到害怕的老乌龟托尔蒂拉，它的一双眼睛高度近视。

"唉呀，你这小家伙真够简单的，人家说什么你就信什么，头脑简单！"托尔蒂拉说，"你本应该在家里勤奋读书的！可你却到傻瓜城来了。"

"可我实在想给卡洛老爹多弄点金币啊……我是个很很很好、很很很孝顺的孩子……"

"猫和狐狸把你的钱偷走了。"乌龟说，"它们刚来过池塘边，停下来喝水，我听见它们吹牛说把你的金币挖了出来，又如何因为这几个金币而打了一架……唉呀你呀，你这个小笨蛋，一点心眼儿也没有，人家说了你就信，头脑太单纯了！"

"别骂了，"布拉蒂诺嘀咕着，"这会儿你应该帮帮我……我现在该如何是好呢？唉哟哟！……我怎么回卡洛老爹那儿去呢？唉呀呀！"

他不停地用拳头擦着眼睛，哭得伤心极了，所有的青蛙都不约而同地叹气："哦呀哦呀……托尔蒂拉，你就帮帮他吧。"

乌龟盯着月亮看了半天，仿佛在回忆什么事情……

"我也曾有一次帮助过一个人，可是最终呢，他把我的奶奶和爷爷都制成了龟甲梳子，"说着，它又盯着月亮看了很久，"好吧，小人儿，你就在这儿坐着，我钻到水底，或许能找到一样有用的东西。"

它把头伸长，慢腾腾地钻到了水底。

青蛙们七嘴八舌地说："老乌龟托尔蒂拉知道一个大秘密。"

时间过了很久。

月亮已经渐渐落向山冈那儿……绿色的浮萍又荡漾起来，乌龟又出现了，它嘴里叼着一把小小的金钥匙。

它把钥匙放在睡莲叶子上，放在布拉蒂诺的脚旁边。

"没头脑、人家说什么听什么、头脑简单的小笨蛋！"托尔蒂拉说，"狐狸和猫把你的金币偷走了，你不要伤心。这把钥匙我交给你。有一个胡子长得要塞到口袋里才能走路的人，把这把小钥匙掉到池塘底下去了。嗨，无论他如何苦苦地哀求我，要我帮他到水底下找到这把小钥匙！"托尔蒂拉叹了口气，沉默了一会儿，又叹了口气，弄得水上冒起了泡泡……"然而我没有帮他。人如此对待我的奶奶和爷爷，居然把它们制成了龟甲梳子，那时我正对人满腹怨恨。关于这把小钥匙，那个大胡子虽然讲了很多很多，可我几乎都忘得差不多了，只依稀记得一句话，说是用它打开一扇什么门，就会拥有幸福……"

布拉蒂诺的心跳得很厉害，眼睛里闪着光芒。他立即把自己的一切不幸抛在了脑后。他把口袋里那些水蛭掏出来，把小钥匙放进去，毕恭毕敬地向乌龟托尔蒂拉和那些青蛙道谢，然后跳到水里，游到了岸边。当他的黑影出现在岸上时，青蛙们跟在他的后面叫着："布拉蒂诺，你个头脑简单的小笨蛋，千万不要把钥匙丢了。"

布拉蒂诺逃出傻瓜城，
遇到了一个患难朋友

非常糟糕的是，乌龟托尔蒂拉居然没有告诉布拉蒂诺哪条路是通向傻瓜城外的。

布拉蒂诺只好逢路就跑。

星星在漆黑的树木那边眨着眼睛，峭壁在道旁高耸，团雾在山口那儿飘着。

忽然有团灰色的东西在布拉蒂诺面前蹦跳，随后又听到了狗吠声。

布拉蒂诺紧贴着悬崖。

傻瓜城的两名叭儿狗警察呼呼啦啦地拼命吸着鼻子从他身旁快速跑过。

那团灰色的东西以很快的速度穿过大道，又蹿上斜坡。

两只叭儿狗紧随其后。

等脚步声和狗吠声渐行渐远，布拉蒂诺立刻撒腿飞奔，快得连夜空的星星也仿佛在向黑树枝后面飞驰而去。

那团灰色的东西忽然又从大道穿过。布拉蒂诺连忙一看，居然是一只兔子，兔子上还骑着个面容发青的小人儿。

小石头块顺着斜坡上撒落下来，两只叭儿狗紧跟着兔子穿过大道，周围又是一片静寂。

布拉蒂诺依旧跑得飞快，天上的星星这会儿好像在向黑树枝后面飞驰。

灰兔子又第三次穿过大道。

小人儿的头恰好碰到了树枝，他就从兔子背上掉了下来，"啪嗒"一下，恰好落在了布拉蒂诺的脚旁边。

"哦，哦哦！抓住它！"叭儿狗警察竭力追赶兔子，眼睛都气模糊了，既没发现布拉蒂诺，也没看见脸色发青的小人儿。

"再见了，马尔维娜，永别了！"那小人儿带着哭腔说。

布拉蒂诺在他身边弯下腰来，竟然吓了一跳：原来这个脸色发青的小人儿居然是皮埃罗！

皮埃罗脸朝下在车辙里趴着，他显然以为自己已经死了，但还叽叽地说些摸不着头脑的话："再见了，马尔维娜，永别了！"他这是在跟生命永别呢。

布拉蒂诺伸手拽他的腿，可皮埃罗没有动弹。

布拉蒂诺从口袋里摸出一条被忘在里面的水蛭，把它放在没了呼吸的小人儿鼻子上。

水蛭丝毫不留情面，立刻就把他的鼻子吸住了。皮埃罗急忙坐起身子，胡乱晃着脑袋，扯掉水蛭，哼哼着说："唉呀，我原来没死！"

布拉蒂诺捧住他像牙粉一样白的脸颊，吻他的脸，问他："你怎么来这儿了？你为什么骑着那只灰兔子乱跑？"

"布拉蒂诺，布拉蒂诺，"皮埃罗一边回答，一边害怕地四处张望，"快把我藏起来……两只狗的目标不是灰兔子，它们追的是我……卡拉巴斯·巴拉巴斯先生已经派人追赶我一天一夜了。他从傻瓜城花钱雇佣了两名狗警察，发誓无论生死都要抓到我。"

远处又传来狗汪汪的叫声。

布拉蒂诺一把拽住皮埃罗的袖子，把他藏到了含羞草丛里，那上面盖满了像黄珠子一样的香喷喷的花。

到了那里，皮埃罗躺在烂树叶上，开始轻轻地和布拉蒂诺讲："你知道么，布拉蒂诺。那是在一天晚上，当时外面下着瓢泼大雨，而且还刮着狂风……"

皮埃罗讲他怎么会骑上兔子，又逃到了傻瓜城的

"那是在一天晚上，当时外面下着瓢泼大雨，而且还刮着狂风……卡拉巴斯·巴拉巴斯先生坐在炉子旁边抽着烟斗。除我以外的所有木偶都已经躺下休息了。我在想着天蓝色头发的小姑娘……"

"居然想她？真是个蠢货。"布拉蒂诺插话说，"我昨天晚上才从这个小丫头那里，从她那结满蜘蛛网的贮藏室里逃出来……"

"什么！你见到天蓝色头发的小姑娘了？你见到我的马尔维娜了！"

"哼，这值得惊奇吗？我的鼻子上现在还有墨水的痕迹呢……"

皮埃罗跳起来，两手胡乱摆着。"带我去她那儿……只要你帮我找到马尔维娜，我就告诉你金钥匙的秘密……"

"什么！"布拉蒂诺兴奋得叫起来，"你知道金钥匙的秘密？"

"我知道这钥匙现在何处，如何得到它，我知道它可以打开一扇小门……这个秘密被我偷听到了，因此卡拉巴斯·巴拉巴斯先生才派出狗警察来搜捕我。"

布拉蒂诺差点就夸口说那把神秘的钥匙这会儿就在他的衣兜里。

为了保守秘密，他把头上的尖帽子摘下来塞住了自己的嘴。

皮埃罗央求布拉蒂诺带他去马尔维娜那里。

布拉蒂诺靠手指头帮忙，才跟这傻瓜解释明白：现在天太黑，到处都充满危险，等天一亮他们就跑去找那小丫头。

布拉蒂诺让皮埃罗再次在含羞草丛里躲起来，用呜哩呜哩的声音说话，因为他的嘴被那顶帽子堵住了："你讲讲看……"

"事情是这样的，有一天晚上，外面的风刮的很大……"

"这话你刚才已经讲过了……"

"是这样的，"皮埃罗接着说，"你知道，我当时还没有睡，忽然听见有人使劲地敲窗子……

"卡拉巴斯·巴拉巴斯先生大嚷起来：'这种鬼天气，会是谁呢？'"

"是我，杜雷马尔，"窗外回答说，"出售医用水蛭的杜雷马尔。请让我进去烤烤火，把衣服给烤干吧。"

你知道，我很好奇卖医用水蛭的人长什么样的。我悄悄地掀开帘子的一角，把头探进了屋子。

我看到卡拉巴斯·巴拉巴斯先生从沙发上站起来，和平常一样老踩着长胡子，气愤地骂上两声，上前去把门打开。

一个人走了进来，个子高高的，浑身上下都湿透了，脸很小很小，上面布满了皱纹，就像羊肚菌一样。

他身上穿一件绿色的旧大衣，腰带上摇晃着钳子、钩子和双头螺栓。

他手拿个铁罐，另外一只手拿个捞网。

"如果您肚子疼，"他说话时鞠着躬，仿佛腰折了似的，"如果您头疼的厉害，或者是耳鸣，我可以帮您在耳朵后面贴上半打呱呱叫的水蛭。"

卡拉巴斯·巴拉巴斯先生叫道："去你的，什么水蛭我都不稀罕！您只顾在火旁边把您的身上烤干就行了。"

杜雷马尔就把背冲着炉子。

他那件绿大衣立刻冒出一些水蒸气，散发着一股扑鼻的水藻味儿。

"水蛭生意不景气，"他又说话了，"只要给我一块冷猪肉和一杯酒，我就给您的大腿上贴上一打呱呱叫叫呱呱的水蛭，我的意思是说，如果您骨头断了的话……"

"滚一边去，什么水蛭都不稀罕！"卡拉巴斯·巴拉巴斯叫起来，"你就吃点冷猪肉喝点酒吧。"

杜雷马尔就开始动口吃冷猪肉，一吃起来，他那张脸时而挤紧时而又放松，仿佛用橡皮做成的。

他确定饭饱后，就求卡拉巴斯·巴拉巴斯给他一撮烟草。

"先生，我已经酒足饭饱，衣服也烤干了，"他说，"为了向您表示感谢，我告诉您一个秘密。"

卡拉巴斯·巴拉巴斯先生抽了口烟说："世界上我只对一个秘密感兴趣。其他秘密我都无所谓。"

"先生，"杜雷马尔又说，"我知道一个很重要的秘密，这个秘密是乌龟托尔蒂拉和我说的。"

听到这儿，卡拉巴斯·巴拉巴斯立刻眼睛都鼓了出来，人蹦了起来，还被大胡子绊了一下，一直扑到被吓呆了的杜雷马尔身上，按住了他的肚子，就像头公牛那样嚷嚷起来："最亲爱的杜雷马尔，最宝贝的杜雷马尔，你说，你快告诉我，乌龟托尔蒂拉告诉你什么了？"

杜雷马尔就给他讲了下面一段故事：

我在傻瓜城旁边一个脏池塘里捉水蛭。

我花四个子儿一天雇了一个穷鬼，让他脱光衣服钻进脖子深的池塘，站在水里等水蛭来吸住他的光身子。然后等他走上岸，我就把他身上的水蛭拉下来，又打发他到池塘里去。

我们用这个办法捉到了很多水蛭，这时水里忽然伸出一个蛇头。这个头说起话来了："喂，杜雷马尔，我们这个池塘本来好端端的，可老百姓都给你吓坏了。你弄浑了水，你不让我吃过早饭后好好休息休息……你这样胡闹，什么时候才有个完啊？……"

我看见是只普通的乌龟，就一点也不怕它，我说："要完，就得把你们这个脏水潭里的水蛭都捉个精光……"

"我打算拿样东西跟你交换，杜雷马尔，你就别再打扰我们这个池塘，以后再也别来了。"乌龟说。

于是我就挖苦乌龟说："嗨，你呀，漂在水上的破箱子，你呀，蠢婆娘托尔蒂拉，你能拿什么跟我交换呢？难道拿你那个藏头藏脚的乌龟壳跟我交换吗？……让我把你的壳卖给人去做梳子？"

乌龟顿时气得脸色发青，对我说："池塘底下有一把魔钥匙。我知道有一个人，他为了得到这把钥匙，什么都会答应的……"

没等杜雷马尔把话说完，卡拉巴斯·巴拉巴斯就扯着嗓子大嚷起来："这个人就是我！我！我！最亲爱的杜雷马尔，你怎么不要乌龟这把钥匙呢？"

"什么？"杜雷马尔回答说，脸皱得和煮熟的羊肚菌没有什么分别，"什么！用我那呱呱叫叫呱呱的水蛭去和那把钥匙交换？"

说完这话，杜雷马尔也不考虑卡拉巴斯·巴拉巴斯是否愿意听，就继续讲完他的故事：

我们就把那乌龟痛骂了一顿，它从水里举起一只脚说："我对天发誓，不管是你还是什么人。永远别想得到这把魔钥匙。我对天发誓，谁想得到这把钥匙，除非他能让池塘里所有的老百姓都来求我交给他……"

乌龟就这么举着它的脚沉到水里去了。

"一刻也别停，咱们立刻就去傻瓜城！"卡拉巴斯·巴拉巴斯大喊一声，急忙把长胡子塞进口袋，抓起帽子和手提灯，"我要坐在池塘边。我要露出最甜的笑容。我要央求青蛙、蝌蚪、水甲虫，拜托它们去求那乌龟……我会承诺给它们一百五十万只最肥的苍蝇……

我要像一头孤独的母牛那样哞呀哞呀大声叫嚷，我要像一只受伤的母鸡那样咯咯呻吟，我要像鳄鱼那样痛哭流涕。我甚至要向最小最小的小青蛙下跪……

我一定要得到钥匙！然后我进城到一座房子里，钻进它楼梯底下的一间屋子……

我要找到一扇小门——无数人经过这扇小门，却没有一人注意到它。我再把钥匙塞进钥匙孔……"

正在这时，你知道吗，布拉蒂诺。我听得实在是太入神了，整个身子都从帘子后面伸了出来。

卡拉巴斯·巴拉巴斯一眼就发现了我。

"你这混蛋在偷听！"他忽然跳过来想把我抓住扔到火里去，可又被长胡子绊住，可怕地"轰隆"一声，他把椅子给碰翻了，张手张脚地趴在了地上。

我也记不清我是如何跳出窗子、爬过篱笆的。

深夜里风雨交加，电闪雷鸣。

我头顶上闪电一亮，把天上的黑云都照亮了，我看见在我身后十来步远，卡拉巴斯·巴拉巴斯和卖水蛭的都追来了……

我心里暗想："这下惨了！"我被什么东西绊了一下，倒在一样软绵绵、暖烘烘的东西上面，我一把拽住了一样东西的长耳朵……

这东西就是那只灰兔子。它吓得吱吱地叫起来，蹦得很高很高，可我用尽力气抓住它的耳朵就是不松开，我们就在黑暗中跑过田野，跑过葡萄园，跑过菜园。

等到兔子实在跑不动了，气恼地咬它自己的那片缺嘴唇时，我亲亲它的小脑门："唉呀，小灰兔，麻烦你跑的再远一些……"

兔子歇了会儿，我们又接着向前乱跑一气，时而向右，时而向左……

等到黑云渐渐散去，月亮出来，我就看见山脚下有一个小城，里面有一些七扭八歪的钟楼。

卡拉巴斯·巴拉巴斯和卖水蛭的正在往这城的方向跑。

兔子说："唉呀，这就是兔子的运气！他们肯定到傻瓜城雇狗警察去了。这下好了，咱们完蛋了！"

兔子立刻就灰心了。它把鼻子塞到爪子里，耳朵也没精打采地垂下来了。

我又是哀求，又是痛哭，甚至向它磕头哀求，然而兔子始终无动于衷。

当两条翻鼻孔的叭儿狗从城里奔出来——右脚戴着黑臂章的叭儿狗时，兔子全身轻轻地一阵颤抖。我刚跳上它的背，它已经像支离弦的箭似地拼命往林子里逃去了……至于后来的事，布拉蒂诺，你都亲眼看到了。"

皮埃罗讲完他的故事，布拉蒂诺小心翼翼地问他："那么，钥匙能打开的那扇小门究竟是在哪一座房子里，在哪一间楼梯底下的屋子里呢？"

"这个卡拉巴斯·巴拉巴斯还没来得及说……唉，总之对咱们而言没有什么差别——反正钥匙在池塘底下……咱们是永远见不到幸福啦……"

"你看看这个，钥匙在这里！"布拉蒂诺贴在皮埃罗耳朵边叫了一声，他非常得意地拿出钥匙在皮埃罗面前晃着……

布拉蒂诺和皮埃罗来到马尔维娜那里，可他们马上又得带着马尔维娜和狮子狗阿尔台蒙逃走

直到太阳升起了老高以后，布拉蒂诺才和皮埃罗从灌木丛里爬出来，飞快地从田野里跑过。

昨天晚上，蝙蝠带着布拉蒂诺就是走的这条路从天蓝色头发小姑娘的家出发，上傻瓜城去的。

皮埃罗的样子实在令人捧腹大笑——他着急得要命，只盼着能快点看到马尔维娜。

"我说，"他每隔十五秒钟就要问一遍，"她见到我会开心吗？布拉蒂诺？"

"我哪里知道……"

过十五秒钟他又问："我说，布拉蒂诺，她会不会不开心？"

"我又怎么会知道？"

最后，他们终于看到了那座白色的小房子，护窗板上画着太阳、月亮和星星。

烟囱上正冒着烟。

烟上空飘着一朵像个猫脑袋似的小云。

狮子狗阿尔台蒙在台阶上坐着，对着那朵猫脑袋似的云不时地汪汪吠两声。

布拉蒂诺不太想回到天蓝色头发小姑娘那儿，可他现在有些饿了，还离得很远的时候就伸长鼻子去闻那牛奶煮开了的香味。

"那小丫头如果又试图教育咱们，那喝过牛奶以后，我肯定不会留在这里的。"

正在这时，马尔维娜从小房子里面走了出来。她一只手拿着一个瓷的咖啡壶，一只手提着一小篮饼干。

她的眼睛像是刚刚哭过——她断定布拉蒂诺已经被老鼠拖出储藏室，吃掉了。

她刚刚坐到沙路上的玩具桌子旁边，布拉蒂诺和皮埃罗就出现了。

此时，天蓝色的花朵开始摇摆，像白叶子、绿叶子一样的蝴蝶在它们上面飞舞。

马尔维娜的眼睛瞪得好大，两个小木头人几乎能够一跳就跳到里面去。

皮埃罗一看见马尔维娜，立刻嘟囔了一句话——这句话太摸不着头脑，太傻里傻气，我们在这儿就不重复了。

布拉蒂诺好像什么也没有发生过一样，说道："我把他带来了，您教育教育他吧……"

马尔维娜这才醒悟过来，这是真的。

"啊，多么幸运啊！"她轻声说了一句，可立即又换成了大人的口气，"孩子们，你们现在就去洗脸刷牙。阿尔台蒙，你带这两个孩子去井边。"

"你看见了吧，"小木头人嘀咕着说，"她头脑全是一些稀奇古怪的想法——洗脸刷牙！任何人都会被她这种清洁卫生搞得没法生活的……"

可他们还是把脸洗了，阿尔台蒙用它尾巴尖上的那撮毛把他们上衣上面的灰尘掸掉……

他们在桌子旁边坐下。

布拉蒂诺饿极了，嘴里塞满了食物，塞得两边的腮帮子都鼓了起来。然而皮埃罗却连一块蛋糕都没吃完，只是望着马尔维娜，就像她是杏仁粉做的。

最后她被他看得受不了了。

"喂，"她冲皮埃罗说，"您能在我脸上看出什么吗？您还是好好地吃早饭吧。"

"马尔维娜,"皮埃罗说,"我早就不饿了,我在写诗……"

布拉蒂诺笑得前仰后合。

马尔维娜也很诧异,又把眼睛瞪得很大。

"那么——您就念一下您做的诗吧。"

她用漂亮的手托住脸蛋,抬起美丽的眼睛去看那朵像猫脑袋似的云。

皮埃罗开始念诗,嘴里发出嗡嗡的声音,听起来像是他坐在一口深井的井底:

马尔维娜跑到了外地,

马尔维娜不见了,我的未婚妻……

我不知该怎么办,我号啕大哭……

跟木偶的生命分手岂不更好?

还没等皮埃罗把诗念完,还没等马尔维娜称赞这首她十分喜欢的诗,一只癞蛤蟆就出现在了沙路上。

它吓人地突出着眼睛,报告说:"昨天晚上乌龟托尔蒂拉老糊涂了,它原原本本地把金钥匙的事都告诉了卡拉巴斯·巴拉巴斯……"

马尔维娜虽然没听懂究竟发生了什么,可还是吓得叫了起来。

皮埃罗手忙脚乱,像所有的诗人那样,发出了几声不知所以的惊叹。咱们在这儿也就不重复了。

只有布拉蒂诺立即跳起来,把几个口袋里塞满了饼干、方糖和糖果。

"赶紧逃走。如果狗警察把卡拉巴斯·巴拉巴斯带到这儿,咱们就惨了。"布拉蒂诺说。

马尔维娜的脸色惨白得如同白蝴蝶的翅膀。

皮埃罗以为她要死了,慌得手足无措,结果把咖啡壶打翻在她身上,可可茶洒到了马尔维娜的那件漂亮衣服上。

阿尔台蒙一边大声汪汪叫着一边跑来——它得洗马尔维娜这件衣

服了。

它一口咬住皮埃罗的领子，使劲地摇晃他，直到皮埃罗吞吞吐吐地说："好了……好了，很抱歉……"

癞蛤蟆用突出的眼睛看着这场纠纷，又说："再有十五分钟，卡拉巴斯·巴拉巴斯和狗警察就来到这儿了……"

马尔维娜跑去把衣服换了。皮埃罗竭力把双臂弯向背后，甚至想四脚朝天倒在沙路上。

随着门啪嗒啪嗒地响，阿尔台蒙拖出来一包包家用东西。

麻雀在灌木丛上用力地叽叽叽叽叫个不停。

燕子擦着地面飞过。

顶楼上猫头鹰呵呵狂叫，这一切只是令人更加恐慌。

唯独布拉蒂诺一个人镇定自若。

他把两包最重要的东西放在阿尔台蒙背上。

他让换上美丽的旅行装的马尔维娜坐到包裹上面。

他再嘱咐皮埃罗揪住狗尾巴。

他自己在前面走着："镇定点儿！咱们走！"

等到他们——也就是神气十足地迈着大步走在狗前面的布拉蒂诺、在包裹上面一颠一颠的马尔维娜、走在后面不集中精力想办法，而在做歪诗的皮埃罗——他们几个走出密草丛，走到平地上的时候，卡拉巴斯·巴拉巴斯那把乱糟糟的长胡子恰好从林子里伸了出来。他用手搭起凉棚，举目往四处一看——

林中空地上的一场恶战

卡拉巴斯·巴拉巴斯先生看到了正准备逃走的这帮人，他手中牵着两名狗警察也发现了平地上那帮准备逃走的人，立刻张大了嘴，大牙齿也露了出来。

"哈哈！好哇！"他大叫着把狗松开。两条恶狗起初用后爪子扒土。它们甚至连叫都不叫，而是把脸扭过去故意不看这些逃走的人。

它们就是这样自以为是，骄傲得目中无人。

随后它们朝惊慌失措地停在那里的布拉蒂诺、阿尔台蒙、皮埃罗和马尔维娜慢慢地逼近。

看样子，他们全都快死了。

卡拉巴斯·巴拉巴斯迈着罗圈腿，跟在两名狗警察后面向他们走过来。

他那把长胡子不时地从上衣口袋里钻出来，绊着他的脚。

阿尔台蒙夹住尾巴，凶狠地汪汪叫。

马尔维娜直摆手说："我害怕，我害怕！"

皮埃罗把袖子放下，看着马尔维娜，心想这回是全完了。

最先冷静下来的是布拉蒂诺。

"皮埃罗，"他叫起来，"牵着这小丫头的手往湖边逃，那儿有天鹅！阿尔台蒙，你把包裹甩掉，脱下手表，准备战斗！"

马尔维娜听到这勇敢的决定，就自己从阿尔台蒙背上跳了下来，把衣服整理了一下，便朝湖边跑去。

皮埃罗紧紧跟着她跑。

阿尔台蒙甩掉包裹，把爪子上的手表摘了下来，从尾巴尖上解下蝴蝶结。

它龇起雪白的牙齿，往左面跳跳，往右面跳跳，伸展伸展肌肉，后脚也扒起土来。

布拉蒂诺顺着满是树脂的树干，爬到孤零零地耸立在大地上的一棵意大利松树顶上。在那里，他放开嗓子叽叽呱呱地大喊大叫："走兽们，飞鸟们，昆虫们！有人要打我们！快来救无端被打的小木头人啊！"

两名叭儿狗警察似乎到这会儿才发觉阿尔台蒙的存在，一下子就朝它扑过来。

灵活的狮子狗阿尔台蒙一扭身，在这只狗的尾巴上咬了一口，又在那只狗的大腿上咬了一口。

两条叭儿狗笨拙地扭过身，又朝狮子狗扑过去。

狮子狗蹦得老高，避开了它们，让它们从它身体下面冲过去，然后又咬了这只狗的腰和那只狗的背。

两条叭儿狗第三次朝它扑来。

这一回阿尔台蒙把尾巴垂在草上，在空地上转着圈，时而让两名狗警察走近，时而擦过它们的鼻子跑开……

如此一来，两条翻鼻孔的叭儿狗确实生气了，它们鼻子呼噜呼噜地响着，不慌不忙地紧紧跟着阿尔台蒙跑，准备无论如何也要咬到狮子狗的喉咙。

正在这时，卡拉巴斯·巴拉巴斯走到意大利松树下面，抱住树干用力地摇起来："你给我下来，你给我下来！"

布拉蒂诺用手、用脚、用牙齿把树枝牢牢地抱住咬紧。

卡拉巴斯·巴拉巴斯把树使劲地摇啊摇啊，直摇得枝头上面的松果也随之晃个不停。

意大利松树上的松果不但有刺，还很沉，跟香瓜差不多大。如果头上被砸一下，肯定会疼得直喊"唉呀"！

树枝被拼命地摇来摇去，布拉蒂诺在上面费了好大的劲儿才没掉下来。

他注意到阿尔台蒙已经开始吐它那像红布条似的舌头了，它跑得已经越来越慢了。

"交出钥匙！"卡拉巴斯·巴拉巴斯张大了嘴怒吼道。

布拉蒂诺沿着树枝爬，爬到一个不错的松果那儿，就动口咬那吊着松果的枝梗。

卡拉巴斯·巴拉巴斯摇得更厉害了，又沉又重的松果于是直直地掉下去，"啪！"正好掉进他那张长着大牙齿的嘴里。

卡拉巴斯·巴拉巴斯被打得甚至蹲在了地上。

布拉蒂诺又摘了一个松果丢下去，这个松果不偏不正——"砰！"正好砸中卡拉巴斯·巴拉巴斯的脑瓜顶，仿佛扔在一个鼓上。

"他们打我们！"布拉蒂诺再次叫起来，"来救救善良可怜的小木头人啊！"

最先飞来营救他们的是雨燕。

它们紧贴地面从两条叭儿狗的鼻子前面掠过。

两条叭儿狗喀嗒喀嗒地咬牙也无济于事——雨燕和苍蝇可不一样，它们如同一道灰色的闪电——"呼"地擦过它们的鼻子就飞走了！

一只黑色的鹞鹰从那朵像猫脑袋似的云里飞下来，它时常给马尔维娜送来野味，它用利爪抓住一名狗警察的背，拍着自己巨大的翅膀飞得高高的，把这名狗警察带上半空，再往下一扔……

这条狗汪汪大叫，"啪嗒"摔了个仰面朝天。

阿尔台蒙从侧面朝另一名狗警察扑过去，用胸口把它撞倒在地，又咬了它一大口，就跑开了……

阿尔台蒙和追它的两名疲惫不堪、给咬伤了的狗警察，在空地上又重新绕着那棵孤零零的松树一圈一圈地跑了起来。

癞蛤蟆来帮助阿尔台蒙，它们拖来两条年迈的眼睛已看不到的黄颔蛇。

这两条蛇已经快要死了——不是死在布满青苔的树墩底下，就是死在鹭鸶的肚子里。

癞蛤蟆把它们说服了，要死就死得轰轰烈烈的。

高贵的阿尔台蒙下定决心，眼下要跟敌人面对面地大干一场。

它蹲在尾巴上，用力地磨着牙。

两条叭儿狗朝它扑过来，三只狗顿时打成一团。

阿尔台蒙用牙咬，用爪子抓。

但两条叭儿狗不管这些，只想一旦有机会咬住阿尔台蒙的喉咙就死也不松口。

整个田野上顿时杀声震天。

刺猬全家都来帮助阿尔台蒙，有刺猬先生，有刺猬太太，有刺猬丈母娘，有还没嫁人的两位刺猬姑姑以及数不清的小刺猬。

身穿黑天鹅绒紧身衣、披着金色披风的大丸花蜂嗡嗡地飞来，凶猛的大胡蜂翅膀鼓得嗡嗡响，步行虫和长胡子螫人虫也赶来帮忙了。

所有的飞禽、走兽和昆虫都英勇无比地朝两名可恨的狗警察扑上去。

刺猬先生、刺猬太太、刺猬丈母娘、没出嫁的两位刺猬姑姑以及小刺猬们蜷成一团一团的刺球，用捶球的速度滚过去扎两条叭儿狗的脸。

大丸花蜂和大胡蜂一边飞一边用毒刺扎它们。整整六十四个蚂蚁不紧不慢地从它们的鼻孔钻进去，并释放出有毒的蚁酸，步行虫和螫人虫咬着它们的肚脐。

鹞鹰用尖利的勾嘴时而啄这名狗警察的头，时而啄那名狗警察的头。

蝴蝶和苍蝇仿佛一股浓云聚集在它们的眼前，把光线也遮住了。

癞蛤蟆拿好了两条准备奉献生命的蛇。

其中一条叭儿狗准备张大了嘴想打喷嚏，想把有毒的蚁酸喷出来的时候，一条瞎眼老蛇就把头塞进它的喉咙，像钻螺丝似的钻进了它的食道。

另一条叭儿狗也遭到同样的经历——第二条瞎眼老蛇钻到它的嘴里去了。

两条叭儿狗被大家伙儿又揍、又螫、又抓，折腾得遍体鳞伤，差点喘不过气来，却无计可施，满地打滚。

高贵的阿尔台蒙终于胜利了。

此时，卡拉巴斯·巴拉巴斯费了好大的劲才把带刺的大松果从他的大嘴巴里掏了出来。

他头顶挨的那一下，砸得他眼睛都朝外突出来了。

他摇来晃去的，又紧紧地抱住了意大利松树的树干，风把他的长胡子也吹乱了。

布拉蒂诺坐在树梢上，见到卡拉巴斯·巴拉巴斯的长胡子被风吹起来，黏在了满是树脂的树干上。

布拉蒂诺挂在一根树枝上，叽叽地寻他开心道："好叔叔，你抓不到我，好叔叔，你抓不到我！"

他"扑通"跳到地上，开始围着松树转圈。

卡拉巴斯·巴拉巴斯张开双手，跟在他后面跑，跌跌撞撞地也围着松树抓他。

他绕了一圈，马上就能用蜷曲的指头捉住那逃走的布拉蒂诺了，他又绕一圈，又绕一圈……

他那把长胡子围着树干上绕了一道又一道，在树脂上黏得牢牢的……

等到长胡子绕完，"啪嗒"，卡拉巴斯·巴拉巴斯的鼻子和树干撞到了一块儿。

布拉蒂诺冲他扮扮鬼脸，就跑到天鹅湖那儿找马尔维娜和皮埃罗去了。

精疲力竭的阿尔台蒙缩起一条腿，用三条腿一步一瘸地跟着他跑。

空地上只剩下两名狗警察——如今它们的性命显然连只死苍蝇都不如。

还有剩下的那位木偶学博士卡拉巴斯·巴拉巴斯先生——此刻，他的长胡子把他紧紧地黏在了面前的这棵意大利松树上。

在山洞里

此时，皮埃罗和马尔维娜坐在湖边的一个芦苇丛里，那里有一个虽然潮湿但很温暖的土墩。

他们头顶上结着蜘蛛网，上面全是些乱七八糟的蜻蜓翅膀和蚊子干。

天蓝色的小鸟在芦苇间飞着，又开心又奇怪地看着这位忧伤痛哭的小姑娘。

震天的厮杀声从远处传来——这显然是阿尔台蒙和布拉蒂诺在拼死搏斗。

"我怕，我怕!"马尔维娜不停地重复，用一片牛蒡叶子使劲地捂住流着泪的脸。

皮埃罗想用诗来安抚她：

我们坐在土墩上，

这儿鲜花在怒放：

黄色花儿真可爱，

黄色花儿喷喷香。

我们整个夏天里，

将生活在土墩上。

啊，大家将要很惊讶：

我们两个变成双……

马尔维娜冲他跺脚。"您让我无法忍受，无法忍受，皮埃罗!……您帮我再摘一张牛蒡叶子来吧，你看，这张已经湿透了，都是窟窿。"

远处的厮杀声骤然停止了。

马尔维娜缓慢地拍了拍手，"阿尔台蒙和布拉蒂诺壮烈牺牲了……"

她把脸扑倒在土墩上的青苔里。

皮埃罗在她的旁边有些手足无措。芦苇在风中发出轻轻的声音。

最后有脚步声响起。

毫无疑问，肯定是卡拉巴斯·巴拉巴斯跑来了，他凶狠地逮住马尔维娜和皮埃罗，把他们塞到他那些深得见不到底的口袋里去。

芦苇被分开，进入视线的却是布拉蒂诺的脸：鼻子直挺挺地伸着，嘴一直咧到了耳朵边。

他后面一步一瘸地走来勇气逼人的阿尔台蒙，身上还驮着两个包裹……

"还想和我斗！"布拉蒂诺连看都不看马尔维娜和皮埃罗他们两个如何地喜出望外，"什么猫啊，狐狸啊，狗警察啊，甚至卡拉巴斯·巴拉巴斯他本人啊，对我而言都不值一提——呸！小丫头，你骑到狗背上，小鬼，你拽住它的尾巴。咱们现在出发……"

他神气十足地在土墩之间迈着大步，用胳臂肘把芦苇分开——绕着湖到对岸去……

马尔维娜和皮埃罗几乎不敢过多地询问他同狗警察的这场战斗是如何结束的，卡拉巴斯·巴拉巴斯怎么没追上来。

等他们到了湖对岸，高贵的阿尔台蒙有些抱怨了。它用四条腿一步一瘸地走着，需要停一会儿把它的伤口包扎好。

在斜坡上长着不少松树，他们忽然发现粗大的树根底下有一个洞。

他们把包裹搬进去，阿尔台蒙也钻进去了。

这高贵的狗先把四个爪子都舔干净，接着把一个爪子递给马尔维娜。

布拉蒂诺用身上的旧衬衫撕成绷带交给她，马尔维娜给阿尔台蒙把伤口包扎好。

给阿尔台蒙包扎完毕以后，又拿体温表给它量了量体温，阿尔台蒙安稳地睡着了。

布拉蒂诺说："皮埃罗，到湖边去取点水来。"

皮埃罗顺从地去了，一路上没忘咕哝着作诗，不知被什么东西绊了一下，把咖啡壶盖子也弄丢了，拿回来的只有咖啡壶底上的一点点水。

布拉蒂诺说："马尔维娜，快去拾些树枝来点火用。"

马尔维娜委屈地看看布拉蒂诺，小肩膀耸了一下，捡回了一些干草茎……

布拉蒂诺说："对于像你们这些受过良好教育的人而言，这便是惩罚……"

他亲自去打水，亲自去拾些树枝和松果，亲自在山洞口点燃了一堆火，火烧得很旺，以致于高高的松树上那些树枝也随之摇晃起来了……他还亲自在火上煮可可茶呢。

"过来吧！坐下来吃早饭吧……"

马尔维娜一直抿着嘴唇一言不发，看着他干活。

可这会儿她开口了——依然是成人的口气，说得不容回绝："布拉蒂诺，您可别觉得您战胜了狗警察，从卡拉巴斯·巴拉巴斯手里把我们救了出来，就又洋洋得意，就可以不用在吃东西以前把手洗了，把牙刷了……"

布拉蒂诺坐着不动：又来了！他冲这个倔强的小丫头瞪大了眼睛。

马尔维娜走出山洞，拍了拍手："蝴蝶，毛虫，甲虫，癞蛤蟆……"

不一会儿，满身花粉的大蝴蝶飞来了。

毛虫和板着脸的蜣螂爬进来了。

癞蛤蟆凸着肚子啪哒啪哒地跳来了……

为了让洞里变得好看，使掉下的土不落到吃的东西上面，蝴蝶拍着翅膀紧贴着洞壁。

蜣螂将山洞地上所有的垃圾都攒成一团，丢到外面去。

白色的胖毛虫爬到布拉蒂诺头上，顺着他鼻子上倒挂下来，往他牙齿上挤上点牙膏。

无论他是不是乐意，布拉蒂诺也不得不刷牙。

另一条毛虫让皮埃罗也刷了牙。

一只还睡意朦胧的胡獾来了，它像只毛绒绒的小猪。

它用爪子抓起黄色的毛虫，挤了点黄油膏在鞋子上，就用尾巴把马尔维娜、布拉蒂诺和皮埃罗的三双鞋擦得亮晶晶的。

它擦完鞋打了个哈欠，东斜西倒地走了。

一只总是忙忙碌碌却十分快活的戴胜鸟飞进来了。

它身上五彩斑斓，头上留着一撮冠毛，一发觉有什么异常，这撮冠毛就会笔挺挺地竖起来。

"给谁梳头？"

"给我，"马尔维娜说，"帮我把头发卷卷，梳梳好，我的头发乱蓬蓬的……"

"我说小宝贝，镜子在哪？"

于是眼睛突出的癞蛤蟆说："我们去拿来……"

十只癞蛤蟆啪嗒啪嗒跳到湖边。它们没有把镜子拖来，而是拖来了一条镜鲤，它身上光滑照人，和镜子一样。它又胖又迷迷糊糊，因此被人抓住鱼鳍拖到哪儿去都没关系。

它们让镜鲤尾巴着地站立在马尔维娜面前。为了避免它不能呼吸，用茶壶不停地往它嘴里灌水。

忙忙碌碌的戴胜鸟帮马尔维娜把头发卷好、梳好。它小心翼翼地从洞壁上拿下一只蝴蝶，把它身上的粉扑在小姑娘的鼻子上。

"好了，小宝贝……"

它说完——呼呼呼！像个彩球似的从山洞里飞出去了。

癞蛤蟆把镜鲤又重新拖回湖里去。

布拉蒂诺和皮埃罗——无论他们是不是愿意——把手洗了，甚至还洗了脖子。

马尔维娜这才招呼大伙儿坐下来吃早饭。

吃过早饭，她把膝盖上的食物碎屑拍掉，说道："布拉蒂诺，我的伙伴，上次咱们上课上到默写。现在上课去吧……"

布拉蒂诺只想逃出山洞，见路就走。可他又不能撇下这些想不出办法的朋友和受了伤的狮子狗不顾！

他嘀咕说："忘了带文具了……"

"不对，带来了。"阿尔台蒙哼哼着说。

它爬到包裹那里，用牙齿把它打开，从里面叼出一瓶墨水、一个笔盒、一个练习本，甚至还叼出了一个小小的地球仪。

"您拿钢笔杆没必要这么紧张，离笔尖远点儿，否则，您的指头就要沾上墨水了。"马尔维娜说，她抬起美丽的眼睛入神地望着洞顶那些蝴蝶……

这时候忽然听到树枝咔嚓咔嚓响，还听到有粗鲁的人声——这是卖医用水蛭的杜雷马尔和拖着腿走路的卡拉巴斯·巴拉巴斯经过洞口。

木偶戏院老板的脑门上顶着鲜红的大疙瘩，鼻子肿起来老高，长胡子也残缺不全，上面粘满了树脂。

他哼哼哈哈，吐了一口说："他们不会跑太远的。他们肯定就在这个林子里，就在我们的附近。"

布拉蒂诺拿定主意，无论如何也要从卡拉巴斯·巴拉巴斯嘴里把金钥匙的秘密打听出来

布拉蒂诺他们看着卡拉巴斯·巴拉巴斯和杜雷马尔从洞口前慢腾腾地走过。

刚才的那场平原大战，把卖医用水蛭的杜雷马尔吓得魂不守舍，他一

直在灌木丛后面藏着。

　　直到战斗结束，他等阿尔台蒙和布拉蒂诺消失在浓密的草堆里，才敢走出来。

　　他使尽全身的力气，才把卡拉巴斯·巴拉巴斯粘在树干上的长胡子从意大利松树树干上给拉了下来。

　　"唉呀，瞧那小家伙伤您伤得这么重！"杜雷马尔同情地说道，"您需要在后脑勺贴上两打最好的水蛭……"

　　卡拉巴斯·巴拉巴斯大声嚷道："见你的十万个鬼！还不快去追那些坏蛋！"

　　卡拉巴斯·巴拉巴斯和杜雷马尔跟着那些逃走的人留下的脚印追击。

　　他们把青草拨开，每一丛灌木都仔细地查看过，每一个土墩都仔细地翻过。

　　他们发现了在老松树树根旁边那堆冒着烟的火，却没有料到那几个小木头人就在这个山洞里躲着，还生起了火。

　　"我要用削笔刀把布拉蒂诺这个小混蛋削成木屑。"卡拉巴斯·巴拉巴斯愤恨地说。

　　几个逃走的人在山洞里躲着。

　　现在如何是好？逃走吗？然而阿尔台蒙全身裹着绷带，睡得正香。如果想让伤口痊愈，它得睡上整整一天。

　　难道要把这高尚的狮子狗独自孤零零地扔在这个洞里吗？

　　这可不行，不行，要活大家一起活，要死大家死在一块儿……

　　布拉蒂诺、皮埃罗和马尔维娜在山洞深处把鼻子凑在一起，商量了很久。最终他们决定：在这里等到天亮，找些树枝给洞口做一些伪装，为了让阿尔台蒙早康复，多给它些营养品。

　　布拉蒂诺说："不管怎样，我还是要从卡拉巴斯·巴拉巴斯嘴里打听出来，金钥匙能开的那扇小门究竟在什么地方。那扇门里肯定藏着什么重要的珍稀东西……这东西大概会带给咱们幸福的……"

"我怕您走开了，只留下我一个人，我怕。"马尔维娜哼哼着说。

"皮埃罗不是会陪着您吗？"

"嗨，他只想着念诗……"

"我要变成狮子那样勇猛地保护马尔维娜，"皮埃罗用猛兽那种粗嗓门说，"你们还不知道我的厉害呢……"

"皮埃罗真棒，早该如此了！"

布拉蒂诺说完，就去追卡拉巴斯·巴拉巴斯和杜雷马尔了。

很快他就看见了他们。

木偶戏院老板在河边坐着，杜雷马尔拿酸草叶帮他敷在大疙瘩上。

离得很远就能听见卡拉巴斯·巴拉巴斯的饥肠辘辘的声音，卖医用水蛭的杜雷马尔的空肚子也在咕噜咕噜地叫了。

"老板，咱俩得吃点什么来填饱肚皮啊，"杜雷马尔说，"找那几个坏蛋没准儿要找到入夜时分。"

"我现在饿得能吞下整只小猪，外加一对鸭子。"卡拉巴斯·巴拉巴斯脸色阴沉地说。

两个朋友拖拉着腿去了"三鱼饭馆"——它的招牌在土冈子上一眼就能看见。

布拉蒂诺比卡拉巴斯·巴拉巴斯和杜雷马尔先赶到那里。他弯着腰穿过草丛，目的就是不让他们发现。

在饭馆门口附近，布拉蒂诺向一只大公鸡悄悄地溜过去。

这大公鸡只要能找到几颗麦粒或者一段小虫子，就洋洋得意地摇晃着头上的大红色冠子，用爪子沙沙地擦着地，连忙招呼母鸡们过来吃："喔——喔——喔！"

布拉蒂诺摊开手掌，把一块杏仁饼递给它："请享用吧，总司令先生。"

大公鸡充满威严地盯着这个小木头人，情不自禁就啄他的手掌，"喔——喔——喔！"

"总司令先生，我想到饭馆里去，可我又不能让饭馆老板发现。让我藏在您五彩缤纷、灿烂辉煌的尾巴后面，您把我一直带到炉子旁边去，可以吗？"

"喔——喔！"大公鸡叫得更骄傲了。

它什么也不懂，可又不想被别人知道它什么也不懂，就神气活现地朝饭馆开着的门走去。

布拉蒂诺搂住它的翅膀下面的腰，用它的尾巴遮住自己，矮着身子溜进厨房，一直来到炉子旁边。

秃头老板正在火上转动铁叉子和煎锅，忙得不可开交，"滚到一边去，你这炖汤老鸡肉！"老板冲公鸡大喝一声，随后又跟上一脚，大公鸡——喔——喔——喔——喔！声嘶力竭地叫着，飞一般地逃到街上的母鸡那儿去了。

老板没有发现布拉蒂诺，布拉蒂诺从老板的脚旁边溜过，藏到了一个大瓦罐后面。

这时候卡拉巴斯·巴拉巴斯和杜雷马尔的声音出现在门外。

老板到门口深深地鞠着躬迎接他们。

布拉蒂诺看着这一切，找了一个大瓦罐，跳到里面藏好了。

布拉蒂诺打听到了金钥匙的秘密

早就饿坏了的卡拉巴斯·巴拉巴斯和杜雷马尔大口大口地吃着饭店老板端上来的烤小猪肉。老板把他们面前的玻璃杯里斟满了酒。

卡拉巴斯·巴拉巴斯一边撕咬着猪腿，一边对老板说："你的酒太难喝了，我要喝那个瓦罐里的!"说着，他拿手中的猪骨头指指里面藏着布拉蒂诺的那个瓦罐。

"先生，这个瓦罐里什么也没盛。"老板回答说。

"你骗人，我要亲自看看。"

于是，老板拿起瓦罐，把它倒过来。

布拉蒂诺竭力用胳臂肘撑住瓦罐，以免自己掉出来。

"里面好像有黑糊糊的什么东西。"卡拉巴斯·巴拉巴斯哑着嗓子说。

"里面似乎有白花花的什么东西。"杜雷马尔也附和着说。

"二位先生，我要是骗你们，就让我舌头生疮、腰酸背痛，瓦罐里面千真万确什么都没有啊!"

"那就把它放在桌子上吧，给我们两个扔骨头用。"

于是布拉蒂诺藏身的瓦罐就被放在木偶戏院老板和卖医用水蛭的杜雷马尔两人中间。啃过的肉骨头和面包皮不断地从布拉蒂诺头上掉下来。

卡拉巴斯·巴拉巴斯饮了不少酒，他把长胡子伸到炉子旁边，想让粘着的树脂烤化滴下来。

"如果我把布拉蒂诺放在这个手掌上，"他吹嘘道，"另外一个手掌'啪嗒'合上去——他马上就会变成一摊肉酱了。"

"那将会是那个小坏蛋应得的报应，"杜雷马尔附和着，"可最好先让他全身都黏满水蛭，吸干他的血……"

"不对!"卡拉巴斯·巴拉巴斯捶了桌子一拳，"我得先得到他的金钥匙……"

饭馆老板也过来搀和——小木头人们逃走的事他也听说了。

"先生，您不必自己费神去找他们。我派两个机灵点儿的家伙来，您尽管在这儿喝您的酒，趁您喝酒的工夫他们就会在很短的时间里搜遍整个林子，把布拉蒂诺带到这里来。"

"不错，派他们去吧。"卡拉巴斯·巴拉巴斯说着，把他的大鞋底放到火旁边。

他已经喝醉了，就放声唱起歌来：

我的手下真稀奇，

是些木头做的笨东西。

我是谁就不必问，

我是木偶们的主人……

卡拉巴斯是凶神，

巴拉巴斯可威风……

木偶们趴在我面前，

就像小草一般贱。

就算你是美如仙，

我的手里有皮鞭。

七尾鞭，七尾鞭，

七条尾巴做的鞭。

我的皮鞭响一响，

我的小鬼就得唱。

小鬼只要把歌唱，

钱就像水哗哗淌，

淌进我的大口袋，

淌进我的大口袋……

这时候，布拉蒂诺在瓦罐底大声叫道："把秘密讲出来，倒霉鬼，快把秘密讲出来！……"

卡拉巴斯·巴拉巴斯突然间听见这声音，牙床骨大声地"嘎嗒"了一下，冲杜雷马尔鼓着眼睛，"是你在说话吗?"

"不，不是我……"

"那又是谁让我把秘密讲出来呢?"

杜雷马尔素来迷信，加之他也有些醉了，他的脸一时间吓得发青，又像个羊肚菌似的皱起来。

卡拉巴斯·巴拉巴斯望着他，牙齿也上下不停地在打架。

"快点儿把秘密讲出来，"瓦罐里的神秘声音又开始大叫，"不讲出来你就没办法离开这张椅子啦，倒霉鬼！"

卡拉巴斯·巴拉巴斯想从椅子上跳起来，可他连站也站不起来。

"什什么秘秘秘密？"他吞吞吐吐地问。

那声音回答："乌龟托尔蒂拉告诉你的。"

杜雷马尔吓得慢慢地往桌子底下钻。

卡拉巴斯·巴拉巴斯的下巴骨也掉下来了。

"那扇门在哪儿，那扇门在哪儿？"那声音仿佛是秋夜在烟囱里呼啸的风声……

"我说，我说，你安静点，你安静点！"卡拉巴斯·巴拉巴斯轻声说，"那扇门在卡洛老爹的小屋子里，画有炉子的那幅画布的后面……"

他刚说出这句话，饭馆老板就从外面进来了。

"这是两个机灵而可靠的伙计，只要付钱，别说是鬼，它们也会带到先生您这儿来……"

他边说边指指已经候在门口的狐狸阿利萨和花猫巴西利奥。狐狸绅士地把头上的旧帽子摘了下来。

"卡拉巴斯·巴拉巴斯先生，只要您肯施舍给我们十个金币，我们几乎不用动地方，立马儿就把小木头人这个坏蛋带到您面前。"

卡拉巴斯·巴拉巴斯从长胡子底下的背心口袋里，用手掏出十个金币，"我会付钱给你们，可是布拉蒂诺在哪呢？"

狐狸把金币反复数了几遍，叹了一口气，分给猫一半，然后用爪子一指："他就藏在这个瓦罐里。先生，他就在您的眼皮子底下……"

卡拉巴斯·巴拉巴斯从桌子上一把抓住瓦罐，疯一般地把它摔在石头地上。

　　布拉蒂诺从瓦罐碎片和啃过的骨头堆里跳出来。就在大家还张大嘴巴站在那儿发愣时，他已像离弦的箭一样冲出了饭馆，跑进了院子——奔向大公鸡跑了过去。

　　大公鸡正神气地忽而用这只眼睛，忽而用那只眼睛看着一条死虫子。

　　"是你把我给出卖了，你这做鸡肉丸子的老鸡肉！"布拉蒂诺火冒三丈地伸长鼻子对它说，"好，现在用尽全力赶快跑吧……"

　　他边说边紧紧地揪住它的大尾巴。

　　大公鸡什么也不懂，张开翅膀，撒开长腿，飞也似地跑起来了。

　　布拉蒂诺像被旋风卷着似的，随着它从山上飞下来，穿过大路，掠过田野，到林子里去了。

　　卡拉巴斯·巴拉巴斯、杜雷马尔和饭馆老板终于恢复了神智，立马儿跑出去追布拉蒂诺。

　　然而他们无论往哪儿看也看不到他的踪迹，只远远地看见大公鸡拼了命似地在田野上跑。

　　他们以为这只大公鸡有神经病，因此，谁也没有去追它。

布拉蒂诺有生以来第一次陷于绝境，
可一切结束得顺顺当当

　　一直过了很久，大公鸡实在累得跑不动了，布拉蒂诺才松开了它那被揪得七零八落的尾巴。

　　"走吧，将军，赶快回到你那些母鸡那里去吧……"

　　他一个人接着往前走，到了透过树叶的间隙就可以看见闪闪发亮的天鹅湖的地方。

他又到了在堆满石块的土冈子上的那棵松树那里，回到了山洞口。

山洞周围随处可见断的树枝，草也被车轮辗过了。

布拉蒂诺的心怦怦直跳。他从土冈子上跳下来，往弯弯曲曲的树根底下看……

山洞里居然空空如也！

马尔维娜不在，皮埃罗不在，阿尔台蒙也不在！

地上只剩下两块破布。

布拉蒂诺拾起一看——原来是从皮埃罗衬衫上撕下来的袖子。

朋友们被人绑走了！

他们送命了！

布拉蒂诺扑倒在地，他的鼻子深深地插到土里去。

他在此时才意识到，朋友对于他有多么的珍贵。

让马尔维娜来训诫他吧，让皮埃罗念他的诗吧，哪怕接连念一千遍呢！

布拉蒂诺甚至甘心交出金钥匙，只求能再见到他的朋友们。

在他的脑袋旁边，悄无声息地耸起一个松松的土堆，一只粉红色脚掌、天鹅绒皮肤的田鼠从里面钻了出来，尖声地打了三个喷嚏，说道："我眼神不好，但耳朵却很灵。一辆由几头绵羊拉着的大车来过这里。车上坐着傻瓜城的狐狸市长和一些密探。市长命令说：'我两名最好的警察在执行公务时被人殴打，把凶手给我逮住！把他们给我抓来！'密探们得令：'汪汪！'它们冲进山洞，里面有人在拼命地大叫。你的伙伴们都被捆绑起来，连同包裹扔上大车，给带走了。"

把鼻子插在土里躺着起什么作用！布拉蒂诺跳起来，沿着车辙印跑。

他绕过湖，来到密草丛生的田野上。

他走啊，走啊……除了去救朋友们，脑袋瓜现在一片空白……

他来到前天晚上从那儿掉进牛蒡丛里的陡岸。

他看见了下面那个乌龟托尔蒂拉住着的脏池塘，一辆大车正向池塘一路下去。

拉车的是两只绵羊，骨瘦如柴，身上的毛还乱糟糟的。

一只肥猫在赶车人的座位上坐着，腮帮子鼓起来，架着一副金丝边眼镜——它在市长衙门里担任说悄悄话出馊主意的官职。

它后面就是得意扬扬的狐狸市长……马尔维娜、皮埃罗和浑身缠着绷带的阿尔台蒙在包裹上躺着。

阿尔台蒙的尾巴从来都打理得十分精致，如今尾巴尖上那撮毛在泥地上拖着。

两条短毛警犬在大车后面走着。

两名密探忽然仰起头，发现了陡岸上布拉蒂诺的白帽子。

两条短毛警犬立刻大蹦大跳地冲上陡坡。然而还没等它们跑到跟前，小木头人眼见得无处可逃，就高举着双手，从高处像燕子一样地跳进了那漂着绿色浮萍的脏池塘。

他在空中划了一个弧形，本来他是想往池塘里跳的，寻求托尔蒂拉婶婶的保护，可没想到一阵大风刮了起来。

这阵风轻轻地托住身子轻轻的布拉蒂诺，把他像飞转的陀螺似的转啊转啊，吹到了一边。小木头人掉了下来，"啪嗒"一下刚好落到大车上，砸在了狐狸市长的头顶上。

戴金丝边眼镜的肥猫没想到会是这样，一下子从赶车人的座位上摔了下来。因为他是个下流家伙，而且胆小如鼠，他马上假装昏死过去了。

狐狸市长也特别胆小。它尖声叫着，顺着陡坡撒腿就逃，撞见一个胡獾洞，立刻就钻了进去。

进了里面，它可就遭殃了：胡獾们对付这种"客人"是不会手下留情的。

两只绵羊吓得直往两边躲，大车翻倒了，马尔维娜、皮埃罗、阿尔台蒙连同包裹都滚到了牛蒡丛里。

所有的一切都发生在一眨眼间，亲爱的小读者们，比你们数完一只手的手指头的时间都短。

两只短毛警犬又大蹦大跳地从陡坡上跑下来。

它们跑到翻倒的大车那里，发现肥猫昏倒了，也发现了牛蒡丛里的几个小木头人和缠着绷带的狮子狗。可是狐狸市长却不见了。

它不见了，——两名密探理应像保护自己眼珠子一样细心呵护的这位市长仿佛真的突然就消失了。

一名密探仰起头发出狗的急吠声。

另一名密探也跟上："唉，唉，唉，唉——呜呜呜！"

它们冲过去把整个斜坡都搜遍了。它们又苦恼地叫起来，因为它们仿佛已经看到自己会被鞭子抽，被关到铁栅栏里去的场景。

它们羞愧地摇摆着屁股，跑回傻瓜城去。它们要向派出所谎报，报告市长被生生地接到天上去了——它们一路上绞尽脑汁就想出了这个办法来搪塞，以此逃避惩罚。

布拉蒂诺悄悄地摸摸自己，哪儿也没缺。

他爬进牛蒡丛中，把马尔维娜和皮埃罗身上的绳子解开了。

马尔维娜什么也没说，搂住布拉蒂诺的脖子，可是却亲不到他的嘴——他的鼻子实在是太长，挡住了。

皮埃罗的两个袖子从胳臂肘以下都被撕掉了，腮帮子上的白粉也掉下来，原来他的腮帮子和大家一样，是红色的，尽管他与众不同，非常喜欢念诗。

"我打得可真英勇，"他粗着嗓子说，"如果不是给他们绊了一脚——无论如何他们也抓不到我。"

马尔维娜附和说："他打斗的时候像只狮子。"

她搂住皮埃罗的脖子，不停地亲着他两侧的脸。

"行了，行了，舔够了，"布拉蒂诺嘀咕着，"咱们跑吧，大家拽住阿尔台蒙的尾巴。"

他们三个一起拽住了可怜的狮子狗的尾巴，并且把它拖上斜坡。

"把我放开，我自己能走，这样我太没面子了。"缠着绷带的狮子狗哼哼着说。

"这可不行，你太虚弱了。"

可当他们刚上到半山坡，卡拉巴斯·巴拉巴斯和杜雷马尔就在上面出现了。

狐狸阿利萨用爪子指着他们这些逃走的人，花猫巴西利奥的胡子都竖起来了，难听地喵喵叫。

"哈哈哈，太妙了！"卡拉巴斯·巴拉巴斯哈哈大笑，"金钥匙终于自己送上门了！"

布拉蒂诺急忙想着办法，看怎样能逃出这场新的灾难。

皮埃罗把马尔维娜紧紧地搂到身边，准备即使死也要死得英勇。这次恐怕真的在劫难逃了。

杜雷马尔在斜坡顶上嘻嘻地笑着："卡拉巴斯·巴拉巴斯先生，您把那受伤的狮子狗分给我，我会将它扔到池塘里去喂水蛭，好让我那些水蛭们饱餐一顿……"

卡拉巴斯·巴拉巴斯太肥了，他懒得动弹，就用他那如同又粗又短的灌肠一般的手指头招呼逃走的人："来吧，到这来，孩子们……"

"大家别动！"布拉蒂诺叮嘱大家，"即便要死也得死得痛痛快快的！皮埃罗，你念几句最毒辣的诗。马尔维娜，你放声哈哈大笑……"

马尔维娜虽然有这样那样的缺点，但她是个好伙伴。她把眼泪拭干，开始笑起来，让站在斜坡上面的人听了都恼羞成怒。

皮埃罗立刻编出诗来，用刺耳的声音高声念道：

可怜的狐狸阿利萨，

棍子哭着要找它。

巴西利奥是只恶猫，

是乞丐也是大强盗。

杜雷马尔又傻又蠢，

是个最难看的羊肚菌。

卡拉巴斯·巴拉巴斯啥东西，

我们根本不怕你……

此时布拉蒂诺也做着鬼脸，逗弄他们："喂，你这木偶戏院的老板，你这老啤酒桶，你这胖草包，下来吧，过来我们这儿吧，我要吐你那把残缺不全的长胡子！"

听了他的话，卡拉巴斯·巴拉巴斯恼羞成怒，哇哇大叫，杜雷马尔把两条瘦长的胳臂举向天空。

狐狸阿利萨露出讥讽的笑容说："让我把这些无赖的脖子都扭掉，怎么样？"

再过一分钟这一切就都结束了……

忽然，一群雨燕"呼呼"地飞来："在这里，在这里，在这里！……"

一只喜鹊在卡拉巴斯·巴拉巴斯的头顶上飞过，连珠炮似的大声叫："快来，快来，快来！……"

卡洛老爹出现在斜坡上。

他的袖子卷了起来，手里攥着一根带节的棍子，并且紧紧皱着眉头……

他用肩膀把卡拉巴斯·巴拉巴斯一顶，用胳臂肘捶向杜雷马尔，在狐狸阿利萨背上打了一棍，一脚把花猫巴西利奥踢到了旁边……

然后他弯下腰来往斜坡下看，看见小木头人他们就站在下面，于是他兴奋地喊道："我的孩子，布拉蒂诺，真没想到你这个小坏蛋居然还活着，我想死你了！"

布拉蒂诺最后同卡洛老爹、
马尔维娜、皮埃罗和阿尔台蒙一起回家

卡拉巴斯·巴拉巴斯他们几个没有想到卡洛老爹会突然出现，他的棍子和皱起的眉头，把他们几个吓得胆战心惊。

狐狸阿利萨连忙钻进密草丛里逃命，只是偶而停下来，因为被打了一棍，得蜷缩着身子歇一阵。

花猫巴西利奥被踢到十步开外的地方，气得像自行车胎漏气似地嘶嘶地叫。

杜雷马尔撩起绿色大衣的下摆，一边从山坡上往下爬一边反反复复地说："与我无关，与我无关……"

可是在一处很陡的地方他滑了一脚，骨碌碌骨碌碌地滚了下去，最后发出震耳的"扑通"一声，掉进池塘里去了。

卡拉巴斯·巴拉巴斯虽然没动地方，可他整个脑袋连同头顶都藏进了肩膀里，只留下那把大胡子拖在外面，仿佛一堆碎麻屑。

布拉蒂诺、皮埃罗和马尔维娜都爬上了山坡。

卡洛老爹把他们挨个儿放到手掌上，竖起一个指头冲他们说："你们这些小捣蛋，等着吧！"

他把他们都揣到怀里，然后他朝山坡下走了几步，蹲在可怜的狮子狗旁边。

忠心的阿尔台蒙仰起头，舔舔卡洛老爹的鼻子。

布拉蒂诺从卡洛老爹的怀里探出身子来："卡洛老爹，不用把它带走，我们可不回家。"

"唉唉唉，"卡洛老爹回答说，"那实在太沉了，不过，无论如何我也

带你们的小狗回去。"

他把阿尔台蒙举起来放在肩膀上，重新爬上了山坡，卡拉巴斯·巴拉巴斯依旧在那儿缩着脑袋，突出了眼睛站着看。

"这些木偶都是我的……"他叨咕说。

卡洛老爹凶狠地回应："哼，你呀！已不是年轻的时候了，可跟些什么人来往呢？跟众所周知的坏蛋：杜雷马尔、猫、狐狸！你欺凌弱小！你真丢人，博士！"

卡洛老爹说着，就一路回城里去了。

卡拉巴斯·巴拉巴斯缩着头紧随着他们。

"这些木偶是我的，把他们还给我！"

"无论如何也不会给你！"布拉蒂诺从卡洛老爹怀里探出来身子，叫嚷着。

他们就这么往城里走着，途径那家"三鱼饭馆"。

饭馆的秃头老板在门口冲他们鞠躬，给他们展示两只煎得吱吱响的煎锅。

烂尾巴大公鸡在门旁边来回走着，情绪激动地在讲布拉蒂诺的恶作剧。母鸡们同情地咕咕说："唉哟唉哟，太可怕了！哦唷哦唷，我们的大公鸡！"

卡洛老爹登上土冈子，从那儿望见了海。

海上有些地方，被微风吹起了浅浅的波纹。

海边是那座旧城，在炎热的太阳下呈现出黄沙的颜色。

他还望见了木偶戏院的布顶棚。

卡拉巴斯·巴拉巴斯站在卡洛老爹后面三步远的地方嘀咕着说："我出一百个金币买那些小木偶，你看怎么样？"

布拉蒂诺、马尔维娜和皮埃罗屏住呼吸——等着听卡洛老爹如何回复他。

卡洛老爹回答说："不行！如果你善良，待演员们好，不用说，我就把这些小人儿还给你了。然而你心肠比鳄鱼都坏。我不还给你也不卖给你，你走吧！"

卡洛老爹走下土冈，不再理睬卡拉巴斯·巴拉巴斯，径直进城去了。

在城里的空广场上，一个警察纹丝不动在那儿站着，天又热又无聊，他的小胡子垂下来，眼皮也黏上，苍蝇围着他那顶三角帽直打转。

卡拉巴斯·巴拉巴斯突然把他那把长胡子塞进了口袋，从后面一把揪住卡洛老爹的衬衫，破口大叫，声音大得整个广场都听得见："抓小偷啊，他偷了我的木偶！"

可是警察又热又无聊，丝毫也没有动。

卡拉巴斯·巴拉巴斯朝他跑过去，要求他抓捕卡洛老爹。

"那你是谁？"警察慵懒地问他。

"我是木偶学博士，著名的木偶戏院的老板，高级勋章的获得者，莫名其国王最亲密的伙伴——卡拉巴斯·巴拉巴斯先生……"

"你别冲我叫！"警察回答说。

卡洛老爹借着卡拉巴斯·巴拉巴斯跟警察争辩的机会，急忙用棍子"的笃的笃"地敲打着街上的石板，赶回到自己的家里。

他开门走进楼梯底下有着昏暗光线的小屋子，从肩膀上拿下阿尔台蒙，放在床上，又从怀里掏出布拉蒂诺、马尔维娜和皮埃罗，让他们并排坐在桌子上。

马尔维娜立刻说："卡洛老爹，您先照看受伤的狮子狗吧。男孩们，快去把身上都洗洗……"

她忽然又无限失望地拍了拍手："我的衣服不见了！还有我的新鞋和漂亮缎带都落在沟底牛蒡丛里了！"

"没关系，别伤心了，"卡洛老爹说，"晚上我去找回你的包裹。"

他轻手轻脚地解开阿尔台蒙腿上的绷带。

伤口已经快愈合了，它还不能动，不过不是因为别的，而是它需要吃些东西。

"只要给我一小盘燕麦面外带一根带骨髓的骨头，"阿尔台蒙哼哼着，"我就能恢复体力甚至能同全市的狗大战。"

"唉呀呀，"卡洛老爹难过地说，"可是我家里连面包屑都没有，我口袋里也没有钱……"

马尔维娜难过地抽泣。

皮埃罗用拳头蹭着脑门想办法，"我到街上去念诗，过路人会扔给我一堆钱子儿的。"

卡洛老爹摇摇头，"孩子，如果这么做，就会因为流浪而被抓进派出所里去了。"

所有的人都灰心了，显得无精打采，唯独布拉蒂诺不是。他狡猾地微笑着，身子不停地转着，仿佛不是坐在桌子上，而是坐在针尖上。

"伙伴们，停下别哭了!"他跳到地上，从口袋里掏出一样东西来，"卡洛老爹，把锤子拿来，扯掉墙上的那块破布。"

他用直挺挺的鼻子指向画在旧布上的炉子、炉子上的锅子和冒着的烟。

卡洛老爹惊讶极了，"孩子，为什么要把墙上这么漂亮的图画扯掉呢? 冬天我看着它，就会想像这火是真的，锅子里煮的也是真的大蒜羊肉汤，我就会感觉非常暖和。"

"卡洛老爹，我说句实在话，很快就会拥有真的炉子和真的火，你很快就会拥有真的铁锅和真的热汤。快把这块布扯掉吧!"

布拉蒂诺说得这么肯定，卡洛老爹挠挠后脑勺，摇摇头，哼哼两声，他找来钳子和锤子，动手把那块布扯了下来。

布后面正如我们知晓的那样，结满了蜘蛛网，还挂着些死蜘蛛。

卡洛老爹用力地清理掉蜘蛛网，慢慢地一扇发黑的橡木小门露了出来。门的四只角都刻着小笑脸，门正中央是个跳舞的小人，鼻子很长很长。

等到小人上面的灰尘都被掸掉，马尔维娜、皮埃罗、卡洛老爹，就连饿慌了的阿尔台蒙都不约而同地叫起来："这画像是布拉蒂诺本人！"

"我也这么认为，"布拉蒂诺从没料到会发生这样的事，自己也很纳闷，"喏，开启这门的钥匙就在这儿。卡洛老爹，把门打开吧……"

"这扇小门和这把金钥匙，"卡洛老爹说，"是许多年前一位技艺高超的师傅做的。我们来看看小门里面究竟藏着些什么东西。"

他把钥匙插进钥匙孔，扭了一下，一阵很轻柔、很动听的音乐声传来，仿佛百音盒里的小琴正在弹奏……

卡洛老爹推了一下小门，门吱吱地打开了。

正在这时，窗外传来了匆忙的脚步声，卡拉巴斯·巴拉巴斯扯着嗓子大叫：

"大家听我说，我们以莫名其国王的名义，冲进去，去抓捕那个可恶的老骗子卡洛！"

卡拉巴斯·巴拉巴斯冲进
楼梯底下的小屋子

前面曾经说过，卡拉巴斯·巴拉巴斯站在大街上竭力劝说那个睡意朦胧的警察逮捕卡洛老爹，但是没有得逞。卡拉巴斯·巴拉巴斯白费气力，于是沿着大街跑起来。

他那把乱糟糟的长胡子刮到过路人的钮扣上、雨伞上，他对撞见的人又推又搡。

孩子们跟在他屁股后面，刺耳地吹着口哨，往他背上投掷一些石块。

卡拉巴斯·巴拉巴斯跑进市长的公馆。

这会儿正热得难耐，市长只穿着一条裤衩，坐在花园里的喷水池旁边，喝着柠檬汽水。

市长有六个下巴，两边粉红色的腮帮子鼓起老高，鼻子在这中间塌下去。他身后的椴树下有四名脸色阴沉的警察在不停地给他开柠檬汽水。

卡拉巴斯·巴拉巴斯冲到市长面前长跪不起，并且用长胡子擦着脸上的泪水，哀号着："我是个悲惨的孤儿，他们欺负我，还把我的东西抢走了，还要打我……"

"是谁欺负你这个孤儿啊？"市长问，气也喘不过来。

"是最凶狠、最恶毒的敌人——靠摇风琴卖唱的老家伙卡洛。他把我最好的三个木偶都抢走了，如果不立刻将他抓起来，他还想放火烧掉我那家著名的戏院，甚至把全市都烧光抢光呢。"

为了强调他这几句话的分量，卡拉巴斯·巴拉巴斯掏出一大捧金币，放到市长的鞋子里。

经他这么乱说一气，倒把市长吓得大吃一惊，立即对椴树下的四名警察下命令："你们马上随这位可敬的孤儿去，以法律的名义做一切该做的事。"

卡拉巴斯·巴拉巴斯于是带领四名警察直奔卡洛老爹的那间小屋子，并大声喊叫着："以莫名其国王的名义，将一名盗贼和坏人绳之以法！"

然而大门紧闭，屋子里没人响应。

卡拉巴斯·巴拉巴斯命令说："以莫名其国王的名义，把这门撞开！"

于是，警察们一起用力撞门，两扇快腐烂的门连同铰链一同被撞开了，四名威风凛凛的警察把刀弄得乒乓乱响，轰隆轰隆地冲进了楼梯底下的小屋子。

就在这千钧一发的时刻，卡洛老爹猫着腰走进了墙上那扇神秘的小门。

他最后一个进去。于是小门——"嘭！"地一下子关上了。

轻轻的音乐声被门隔在了里面。

在楼梯底下的小房间里，只见地上丢着脏兮兮的绷带和那块画着炉子的破布……

卡拉巴斯·巴拉巴斯冲到那扇神秘的小门前面，对着小门拳打脚踢，"砰砰砰砰！"然而那扇小门很牢固。

卡拉巴斯·巴拉巴斯跑开几步，然后用屁股用力去撞那小门，"砰！砰！"可是小门纹丝不动！

他催促那些警察："现在以莫名其国王的名义——把这扇该死的小门撞开……"

四名警察彼此触摸着——有人的鼻子被弄破了，有人的头上是疙瘩。

"不做，这活儿太累。"他们回答着，就准备回市长那儿去，报告说他们已经依照法律把该做的事情都做了，可以肯定的是，魔鬼亲自出马帮助摇风琴卖唱的那个老头，因为他居然钻到墙里面去了。

卡拉巴斯·巴拉巴斯死命拽着自己的那把大胡子，扑倒在地，他开始号啕大哭，就像已经发疯了一样。

他们在秘密的小门后面找到了什么

卡拉巴斯·巴拉巴斯鼻涕一把、眼泪一把似的在小门外面的地上打滚，小门里面布拉蒂诺带头，马尔维娜、皮埃罗、阿尔台蒙在后面跟着，最后一个是卡洛老爹，他们正在从很陡的石梯往下走到地下室去。

卡洛老爹举着一个小蜡烛头。影影绰绰的小蜡烛光让阿尔台蒙毛茸茸的头和皮埃罗伸出的手投下巨大的阴影，却无法照亮楼梯通下去的暗处。

马尔维娜竭力不让自己因害怕叫出声，只好捂着自己的两只耳朵。

　　皮埃罗还是不知所云地在嘟囔着他的诗：

墙上影子在跳动，

可我一点不害怕。

尽管楼梯陡又陡，

尽管黑得不见啥，

反正这条地下道，

不通这儿就通那啊……

　　布拉蒂诺走在最前面——他那顶白帽子在下面隐隐约约能看见。

　　忽然有什么东西吱吱一声，倒下来，并开始往下滚，然后传来布拉蒂诺的叫苦声："快过来帮我一下！"

　　阿尔台蒙一时间把伤痛和饥饿都抛在了脑后，它撞倒了马尔维娜和皮埃罗，像阵黑旋风似地飞奔下楼梯。

　　它的牙齿咯吱咯吱地响。随后有什么东西难听地尖叫了一声。

　　顿时周围安静了下来。只听见马尔维娜的心像上了弦的闹钟一样大声的嘀嗒嘀嗒地响。

　　很宽的一道光从下面直照上了楼梯，卡洛老爹手里举着的蜡烛光也顿时显得昏黄黯淡。

　　"你们来看，快来看！"布拉蒂诺大声喊他们。

　　马尔维娜倒退着走，赶紧一级又一级楼梯地下去。

　　皮埃罗在她后面又蹦又跳。

　　卡洛老爹猫着腰走在最后面，他那双木头鞋老是不停地往下掉。

　　下面，在陡峭的楼梯的另一头，阿尔台蒙在石头台阶上蹲着。

　　它在舔着身子。

　　大耗子吱吱被咬死了，就倒在它的脚边。

　　布拉蒂诺两只手掀起一块破毛毡的一角——这块毛毡挂在石墙上挡住了一个门洞，那天蓝色的光就从那门洞里透了过来。

他们一走进门洞，首先进入视线的就是四射的太阳光芒。

这太阳光芒从拱形天棚上的一个圆窗口照了进来。

灰尘乱舞的一道道宽宽的光芒把整个黄色大理石的大厅都照亮了。

一座异常美丽的木偶戏台在大厅中央，戏台前的幕布上有一道弯曲的金色闪电在发着夺目的光芒。两座方形尖塔在戏幕两边高耸着，漆得看上去好像它们是用小砖头砌起来的。

绿铁皮盖的高塔顶尖很是耀眼。左面的尖塔上有一座大钟，上面的指针是青铜的。钟盘上的每一个数字都对应着画上去男孩和女孩的笑脸。右面的尖塔上有一个镶着五彩玻璃的小圆窗。

会说话的蟋蟀正坐在小圆窗上面的绿铁皮塔顶上。

等到大伙儿张大嘴巴停在这奇妙的戏台前面时，蟋蟀也慢慢腾腾地、一字一顿清清楚楚地说起来："布拉蒂诺，很早我就警告过你，说你将遇到极大的危险，要经历可怕的灾难。还好，所有的苦难都已经结束了。如果不是这样顺利的结束……那就……"

蟋蟀的声音很苍老，还带着一些气恼，因为当时小锤子毕竟打中了它的脑袋，虽然它已经一百多岁，心地也善良，可还是无法忘却那次不应该承受的欺负。

于是它不再说下去了，它抖动着胡子，就像抖落尘土似的，慢慢地爬进一条缝——以此来尽量远离喧嚣。

此时，卡洛老爹说："我本以为，我们在这儿起码会找到一堆金子、银子，可惜找到的还是这些旧玩意儿。"

他走到尖塔上嵌着的钟前，用手指甲敲敲钟面，发现钟旁边的铜钉上挂着一把钥匙，就把它取下来拧动钟的发条，突然，那钟发出了很响的嘀嗒声。

钟的指针也开始动了。当长针走到十二、短针走到六时，尖塔里发出叽叽咕咕的响声，钟便响亮地敲了六下……

右边尖塔那扇嵌着五彩玻璃的小圆窗也随之打开，一只上发条的五彩小鸟从里面跳了出来，它拍拍翅膀，连唱了六遍："欢迎——欢迎，欢迎——欢迎，欢迎——欢迎……"

小鸟进去了，小圆窗也随之关上。

手摇风琴奏响了，戏幕升起来了……

谁也没见过如此美丽的布景，连卡洛老爹也没有见过。

舞台上是一座花园。和手指甲一般大小的上发条的椋鸟在一些长着金银叶子的小树上歌唱。

一棵树上结满了苹果，每一个苹果都没有一颗麦子大。

孔雀在树下来回走着，时而踮起脚尖去啄苹果。

两只小山羊在草地上活蹦乱跳，互相顶角。

蝴蝶在空中飞着，太小了，仔细看才能辨别出来。

这样过了一分钟。

椋鸟闭嘴不唱了。

孔雀和小山羊退到两边幕后去。

树木也降落到舞台的地道口下面。

背后布景上轻纱似的云彩逐渐散去。一轮火红的太阳出现在了沙漠上空。

从两侧的侧幕推出来像蛇一样的藤条，在其中一根藤条上还真的挂着一条大蟒蛇！另外一根藤条上栖着一群猴子，它们的尾巴勾住藤条倒挂着，晃来晃去地荡秋千。

这是在非洲。

在火红的太阳底下，野兽在沙漠上走过。

有着一头长鬃毛的狮子跳了三跳就跑过去了，虽然它的个头还没有一只小猫大，可那神情却是威风凛凛。

一只长毛绒做的狗熊撑着伞，后腿直立着，摇晃着，七扭八歪地走了过去。

一条令人反感的鳄鱼爬过，两只丑陋的小眼睛扮出很友善的样子。

可阿尔台蒙不敢相信，冲着它汪汪地叫起来。

一头犀牛跑过，为了保证安全，它的尖角被安上了一个小皮球。

又跑过一只长颈鹿，就像给一匹骆驼安上了斑纹和角，它的脖子有多长就伸多长。

接着走过一头大象。

大象和孩子们相处得很好，它聪明善良，不时地摆动着长鼻子，长鼻子上还卷着一颗豆子糖。

最后匆匆忙忙地侧着身子走过的是只脏兮兮的野狗——一只胡狼。

阿尔台蒙汪汪地叫着要扑向它，卡洛老爹费了好大劲儿才揪住它的尾巴，把它从舞台旁边拽了回来。

野兽都过去了，太阳一时间暗了下来。

在黑暗中隐约看见有些东西从上面放下来，有些东西从两侧推了出来。

接着小提琴奏响了。

黑暗的街灯忽然亮了。

舞台的布景又变成城里的一个广场。

家家户户的门敞开着，小人儿们从里面跑出来，爬进了玩具电车。

售票员打铃，司机转动把手，一个孩子迅速地拽住吊环，警察吹着哨子，电车开往高楼之间的横街里去了。

自行车蹬过——车轮和盛果酱的小碟子差不多大。

卖报的跑过，把扯下来的一张小日历一摺为四份，卖报人手里拿的报纸和这一样大。

卖冰淇淋的推着冰淇淋车从广场上跑过。

一家家房子的阳台上跑出一些女孩冲他打着招呼，可是卖冰淇淋的无奈地摊开两只手说："全都卖掉了，只好请你们下次再品尝了。"

这时幕又落下来，它上面弯曲的金色闪电又开始发着光。

卡洛老爹、马尔维娜、皮埃罗高兴得什么都不记得了。布拉蒂诺把两只手插在口袋里，仰起鼻子，吹嘘道："如何，看见了吧？现在看来，我在托尔蒂拉婶婶的泥塘里弄得全身湿透还是值得的……咱们在这戏院里排个喜剧吧！你们知道排什么吗？就排一场《金钥匙》，又名《小木偶布拉蒂诺和他的朋友们的奇遇记》。这出戏一上演，卡拉巴斯·巴拉巴斯肯定会把肺气炸了。"

皮埃罗用两个拳头擦着皱起的脑门儿："那我会用最华美的诗体来写这个喜剧。"

"我可以负责卖冰淇淋和门票，"马尔维娜说，"自然，如果你们发现我还有一些其他才能，我就尝试演个好姑娘什么的……"

"稍等，孩子们，什么时候读书？"卡洛老爹问。

大家不约而同地回答："早晨读书，晚上演戏……"

"就这样办，孩子们，"卡洛老爹说，"那就让我和你们这些孩子们一块儿表演，我负责摇风琴，逗尊贵的观众们开心开心吧。如果咱们在意大利挨个城市做巡回演出，那就让我来驾马车，并且给大家煮大蒜羊肉汤……"

阿尔台蒙侧耳倾听着，扭着头，用发光的眼睛望着朋友们，仿佛是在询问：那我做点什么呢？

布拉蒂诺说："阿尔台蒙负责保管贮藏室的钥匙，看管道具和戏装。在演出的时候，它可以在幕后模仿狮子叫，模仿犀牛踏步，学鳄鱼叽叽嘎嘎咬着牙齿，学狂风怒号——只要把它的尾巴转快就行了，自然，还得学各种需要的声音。"

"那你呢，那你自己呢，布拉蒂诺？"大家问他，"你想负责什么？"

"你们真有意思，怎么不会想到，这是一部根据我的经历编的喜剧，当然我在戏里演我自己了！"

新木偶戏院首次演出

此时，木偶学博士，坏蛋卡拉巴斯·巴拉巴斯一个人呆呆地坐在炉子前，心里很是别扭。

炉子里的湿柴，烧得半干不透的。

外面雨正下着，他的木偶剧场的破棚顶滴滴嗒嗒地往下漏着水。

木偶们的手脚都被弄湿了，谁也不肯排练，就连用七尾鞭恐吓他们都无济于事。

他们已经饿了三天了，全都在贮藏室的钉子上面挂着。

他们轻声交谈着，觉得恐怕凶多吉少。

从早上到中午，戏院里连一张门票都没有卖掉。

试问，像卡拉巴斯·巴拉巴斯那种枯燥无味的戏和他那些穿得破烂不堪、饿得有气无力的演员，还有谁会来看呢？

城里的钟楼敲了六下，卡拉巴斯·巴拉巴斯脸色阴沉着。

他一个人在观众席里费劲地慢慢走着——观众席里空空荡荡，一个观众也没有。

"鬼把所有最尊贵的观众都给抓去了。"他嘟囔着走到街上。

他出来一看，不要紧，眼睛眨巴着，嘴张得那么大，以致于乌鸦都能毫不费力地飞到他那张大嘴巴里面去。

有座新的大布棚，就在他戏院的对门开张了，棚前密密麻麻地站着成群结队的人，虽然海上刮来的风潮湿而寒冷，可他们好像根本就不在乎。

有个长鼻子小人儿在布棚入口上面的木板台上站着，他头戴尖帽子，吹着一个沙音喇叭，还嚷嚷着什么。

观众们鼓掌大笑，许多人熙熙攘攘地走到戏棚里面去了。

杜雷马尔走到卡拉巴斯·巴拉巴斯身边，他身上像往常一样散发出一股水藻味。

"唉呀呀！"他的整个脸都变成了一堆愁苦不堪的皱纹，"医用水蛭一点也没销路。我想去投靠他们，"杜雷马尔指指新戏棚，"求他们给我安排点儿点蜡烛或者扫地之类的活儿……"

"这个该死的戏院是谁开的？这个戏院是从哪儿来的？"卡拉巴斯·巴拉巴斯大叫。

"是木偶他们自己开的，名字叫'闪电木偶戏院'。他们自己创作剧本，自己演出。"一个声音马上回答了他。

卡拉巴斯·巴拉巴斯恨得牙齿咬得"嘎嘎"地响，他拽着自己的长胡子，迈着大步向新布棚走过去。

布拉蒂诺正在戏棚门口向周围喊着招引观众："我们是第一次演出，一出精彩有趣的大喜剧，内容是关于我们小木头人的生活的。本剧没有虚构，讲我们如何依靠机智、勇敢、镇静、沉着，战胜了我们所有的敌人……"

马尔维娜坐在木偶戏院门口的玻璃亭里，天蓝色的头发上扎着一个美丽而精致的蝴蝶结。

她正在不紧不慢地把票卖给想看这出关于木偶生活喜剧的观众们。

卡洛老爹穿着崭新的天鹅绒上衣，转动着手摇风琴，朝最尊贵的观众们快乐地眨着眼睛。

阿尔台蒙咬住狐狸阿利萨的尾巴，把它从戏棚里面拖出来，因为它还没购票就想进去。

花猫巴西利奥也没票，它算是趁机溜了进去，它爬上了一棵树，蹲在雨搭底下，用恶狠狠的眼睛朝下看。

布拉蒂诺鼓起腮帮子，吹响了沙音喇叭："戏马上要开演了！"

说着，他跑下楼梯，去准备这出戏的头一场。

在这一场里，穷困的卡洛老爹拿木头刻出了一个小木头人，没料到这件事后来居然会带给他幸福。

乌龟托尔蒂拉最后一个进场。它嘴里叼着张用羊皮纸做的请帖，上面烫着金边。

戏开始了。

卡拉巴斯·巴拉巴斯脸色阴沉地转身回到自己的那座空剧场。

他拿起七尾鞭，把贮藏室的门打开。

"你们这些混蛋，总是偷懒，看我不好好教训教训你们！"他像疯了似的狂叫，"我要教会你们如何把观众给我吸引过来！"

他把鞭子"咔嚓"一抽，可是没有人回答他。

贮藏室里什么也没有，钉子上只剩下一些碎绳子。

所有的木偶——包括阿尔莱金、戴黑面具的小姑娘们、尖帽子上有星星的魔法师们、鼻子像黄瓜的驼子们、阿拉伯人们、小狗们，等等等等，所有的木偶们都逃离了卡拉巴斯·巴拉巴斯的剧场。

卡拉巴斯·巴拉巴斯发出吓人的吼叫声，从他的剧场跑到了外面的街上。

他只看见最后几个演员从水坑里跳过逃进了新戏院。

那儿音乐奏得正起劲儿，还时不时地传来哈哈笑声和鼓掌声。

卡拉巴斯·巴拉巴斯只抓住了用一只钮扣做眼睛的绒布小狗。

可阿尔台蒙猛地冲过来，把他撞倒，夺过那只小狗，带着它跑进了戏棚。

在戏棚的后台，冒着热气的大蒜羊肉汤已经准备好了，正等着饿了的演员们来吃呢！

卡拉巴斯·巴拉巴斯眼看着只剩下了自己一个人，他一屁股坐在了地上的水坑里，人跟傻了似的一动也不动，任凭雨水淋着、淋着。

狐狸的故事

［俄］阿·托尔斯泰　著

狐狸和兔子

据说在很久很久以前，有一只狐狸和一只兔子。狐狸的屋子是用冰块搭的，而兔子的屋子是用树皮盖的。

风和日丽的春天来了。狐狸那间屋子融化成水，而兔子那间屋子却和以前一样，丝毫无损。

狐狸于是哀求兔子允许她进屋过夜，然后，就把兔子从他屋里赶了出来。

可怜的小兔子只能一边走一边抹着眼泪。

一条狗迎面走来："汪，汪，汪！你怎么哭了，小兔子？"

"我怎么能不哭呢？狐狸用冰块搭了一间屋子，我用树皮盖了一间屋子。她先是哀求我留她过夜，后来她就霸占了我的屋子。"

"别哭啦，小兔子！我现在就帮你把屋子弄回来，好让你开心。"

他们走到屋子跟前。

狗吠叫起来："汪，汪，汪！坏狐狸，你给我滚出来！"

狐狸却从炉顶上冲他们喊："我这一跳，肯定就会天崩地裂！"

狗吓得胆战心惊，马上扭头就跑。

可怜的小兔子又上路了，一边走一边抹着眼泪。

一只熊迎面走来："小兔子，你怎么哭了？"

"我怎么能不哭呢？狐狸用冰块搭了一间屋子，我用树皮盖了一间屋子。她先是哀求我留她过夜，后来她就霸占了我的屋子。"

"别哭啦，我马上就帮你把屋子弄回来，好让你开心。"

"不，你恐怕帮不了我。你也未必能撵走她，狗去撵过她，但是没成功。"

"不，我一定要将她赶出去！"

他们走到屋子跟前，熊突然怒吼起来："坏狐狸，滚出来！"

狐狸却从炉顶上冲他们喊："我这一跳，肯定会天崩地裂！"

熊吓得胆战心惊，扭身就跑。

可怜的小兔子再次上路了。一头公牛迎面走来："小兔子，你怎么哭了？"

"我怎么能不哭呢？狐狸用冰块搭了一间屋子，我用树皮盖了一间屋子。她先是哀求我留她过夜，后来她就霸占了我的屋子。"

"咱们走，我现在就帮你把屋子弄回来，好让你开心。"

"不，公牛，你恐怕帮不了我。狗和熊都去撵过她，都没有成功；你也未必能把她撵走。"

"不，我一定要将她赶出去！"

他们走到屋子跟前，公牛忽然哞叫起来："坏狐狸，你给我滚出来！"

狐狸却从炉顶上冲他们喊："我这一跳，肯定会天崩地裂！"

公牛吓得胆战心惊，扭身就跑。

可怜的小兔子只好重新上了路，哭得比以前更伤心了。

一只肩上背着一把大镰刀的雄鸡，迎面走来："喔，喔，喔！你怎么哭了小兔子？"

"我怎么能不哭呢？狐狸用冰块搭了一间屋子，我用树皮盖了一间屋子。她先是哀求我留她过夜，后来她就霸占了我的屋子。"

"咱们走，我现在就去帮你要回屋子，好让你开心。"

"不，雄鸡，你恐怕帮不了我。狗去撵过她，但是却失败了；熊去撵过她，也没有成功；公牛也去撵过她，同样失败了；你恐怕也不能把她撵走。"

"不，我一定要将她赶出去。"

他们走到屋子跟前，雄鸡跺着爪子，鼓动翅膀，唱道：

喔，喔，喔！我走路呀威风显，

一把镰刀肩上背。

我就要把狐狸宰，

狐狸狐狸快下来。

狐狸狐狸滚出来！

狐狸听了，吓得魂飞魄散，说："我在穿鞋……"

雄鸡又唱道：

喔，喔，喔！我走路呀威风显，

一把镰刀肩上背。

我就要把狐狸宰，

狐狸狐狸快下来。

狐狸狐狸滚出来！

狐狸又说："我在穿鞋……"

雄鸡第三遍唱道：

喔，喔，喔！我走路呀威风显，

一把镰刀肩上背。

我就要把狐狸宰，

狐狸狐狸快下来。

狐狸狐狸滚出来！

狐狸像丧家犬一样逃了出来。

说时迟，那时快，只见雄鸡举起大镰刀，狐狸便一命呜呼了。

从那以后，雄鸡和兔子就一起快乐地生活着，它们就住在兔子那间用树皮盖的屋子里。

狐狸和狼

相传在很久很久以前，有对老夫妻俩，他们相濡以沫。

一天，老头对老太婆说："老太婆，你去烤点儿大馅饼，我去套雪橇，然后打鱼去。"

老头捕到了满满一车鱼。

在赶车回家的路上，他发现一只像白面包似的蜷成一团的狐狸躺在路上。

老头从车上下来走到狐狸跟前，然而，狐狸纹丝不动地躺在那里装死。

"运气实在太好了，踏破铁鞋无觅处，得来全不费工夫！这下子老太婆皮袄上的领子有着落了。"

他把狐狸抱到车上，然后自己在前面走着。

这时，狐狸趁这个机会，不紧不慢地把所有的鱼，一条一条地往车外扔。

等把所有的鱼都扔完，狐狸就偷偷地溜走了。

老头到了家，立刻喊他的老婆："老太婆，你来看，我给你带回了一条多棒的皮袄领子呀！"

老太婆走到车前一看，车上什么都没有，别提领子和鱼了。她忍不住责备起老头儿来："咳，你这个老东西，真没出息，还来骗我！"

老头此时才幡然醒悟，狐狸不是死的，他气恼极了，可是又能怎样呢！

就在此时，狐狸却把它从车上扔在路上的所有的鱼一条一条地收拾拢来，聚集成堆，准备坐下来饱餐一顿。

狼跑来说："你好，狐狸大嫂，你是打算请客吧。"

"我自己吃，你离我远点儿。"

"分给我点鱼吧。"

"自己捕鱼自己吃。"

"但是，我不会捕鱼。"

"你看，我可捕到这么多鱼。老弟，你去河面上，把你的尾巴伸到冰窟窿里，一边坐着，一边说：'鱼儿鱼儿，无论大小，上钩都要。鱼儿鱼儿，无论大小，上钩都要！'就这样，鱼肯定会自己咬住你的尾巴。你坐得时间越长，就钓得越多。"

狼来到河面上，按狐狸说的把它的尾巴伸进冰窟窿里，一边坐着，一边说："鱼儿鱼儿，不论大小，上钩都要。鱼儿鱼儿，不论大小，上钩都要！"

狐狸在狼身旁边走边嘀咕："天上星星多么明亮，狼的尾巴快快冻僵！"

狼向狐狸问道："狐狸大嫂，你总是在那儿叨咕些什么呢？"

"我在帮你，我尽力把鱼儿往你尾巴上赶呢。"

说完，她又嘟囔着："天上星星多么明亮，狼的尾巴快快冻僵！"

狼彻夜坐在冰窟窿边上。它的尾巴终于冻结在冰窟窿里了。

天将破晓，狼试图把尾巴举起来，可是却举不起来。于是，他想："嗨，肯定有好多鱼咬住了，怪不得拉不上来。"

正在此时，老太婆挑着水桶来打水。

她一瞧见狼就叫起来："狼，狼！快打狼！"

狼用尽全力，也没能把他的尾巴从冰窟窿里拽出来。

老太婆把水桶放下，用扁担打狼。她打个不停，狼不停地挣扎，直到把他的尾巴挣断，才终于逃脱。

"瞧这狐狸，她给我出了这么坏的主意，我倒要好好地酬谢她一番！"

可是狐狸却已经溜进了老太婆住的屋子，把酵面桶里的发面吃了个饱，还给自己抹了一头发面，然后从屋子里出来跑到路上，躺在地下，轻声呻吟起来。

狼朝她走过来说："狐狸大嫂，看你是如何教我捕鱼来着！你看，我被搞成这副狼狈样，遍体鳞伤……"

狐狸对他说："唉，老弟，你虽然丢了条尾巴，但是你的脑袋没有受到一点伤害，而我却被打破了脑袋。你看，脑浆都被打出来了，我是在强撑着走呢。"

"倒也有几分道理，"狼对她说，"这样吧，狐狸大嫂，你到哪儿去？坐到我身上吧，我来驮你去。"

于是，狐狸坐到狼的背上。狼驮着狐狸走。

看，狐狸坐在狼背上，而且，还在轻声地唱着哩："挨人揍的驮，没挨揍的坐；挨人揍的驮，没挨揍的坐！"

"狐狸大嫂，你总在叨咕些什么呢？"

"老弟，我在讲你所经历的痛苦遭遇呢。"

说完，狐狸又开始轻声地唱着："挨人揍的驮，没挨揍的坐；没挨揍的坐，挨人揍的驮！"

狐狸和鸫

在一棵高高的大树上，有一只鸫在上面筑巢孵卵，而且孵出了雏鸟。狐狸知道了这个消息后跑来了，用尾巴把树敲得嗒嗒响。

鸫把身子探出巢外，狐狸对他说："鸫，我要用尾巴把树砍倒，我要把你吃掉，还要吃掉你的孩子！"

鸫害怕极了，向狐狸哀求道："狐狸大婶，你别砍树，也别吃掉我的孩子！我供你大馅饼和蜜吃。"

"行，你给我拿大馅饼和蜜吃，我就不砍树！"

"那好，我们走大路吧。"

于是，狐狸和鸫到了大路上，鸫在前面飞着，狐狸在后面跟着。

忽然，鸫看见一个老奶奶领着她的小孙子提着一篮大馅饼和一罐蜜走来了。

狐狸躲藏起来，而鸫飞落到路上，蹦着，似乎他无法再飞了：他刚一飞离地面，就又随即飞落了下来，他重复地做着这个动作。

小孙子冲老奶奶说："我们把这只鸟捉住吧！"

"我们捉不住它的！"

"好歹我们要捉住它。您看，他有一个翅膀受伤啦。多漂亮的鸟啊！"

老奶奶和她的小孙子把篮子和蜜罐放在地上，追鸫去了。

鸫把一老一少和放大馅饼的篮子和蜜罐分开之后，狐狸就借此机会，不但把大馅饼和蜜吃得饱饱的，还把吃剩的部分储藏了起来。

鸫盘旋上升，飞回到了巢里。

狐狸拿捏好时间，在这个时候又来了，她用尾巴把树敲得嗒嗒响："鸫，我要用尾巴把树砍倒，我要把你吃掉，还要吃掉你的孩子！"

鸫把身子探出巢外，向狐狸哀求道："狐狸大婶，你别砍树，也别吃掉我的孩子！我给你啤酒喝。"

"行，快点走吧！脂肪和甜食，我吃腻了，现在正想喝点儿啤酒呢！"

鸫又朝大路飞去，狐狸又跟在后面跑着。

鸫看见一个农夫赶着一辆车过来，车上恰好有一桶啤酒。

鸫朝农夫那边飞去，忽儿飞落在马身上，忽儿飞落在木桶上，直气得农夫恼羞成怒，想把鸟打死才罢手。

　　鸫飞落到啤酒桶栓上面，农夫猛地用斧头一砍，把木桶的桶栓打掉了。农夫自己又去追鸫去了。

　　这时，啤酒不停地从木桶里流到路面上。

　　狐狸畅快地痛饮，喝得畅快淋漓，哼着歌离开了。

　　鸫飞回巢内，狐狸拿捏好时间，在这个时候又来了，她用尾巴把树敲得嗒嗒响，"鸫啊鸫，你给我拿吃的吗？"

　　"我给你拿吃的！"

　　"你给我拿喝的吗？"

　　"我给你拿喝的！"

　　"现在你要想办法逗我开心，否则我要用尾巴把树砍倒，我要把你吃掉，还要吃掉你的孩子！"

　　鸫把狐狸领到一个村庄。他看见一个老太婆在挤牛奶，一个老头儿在她身旁编草鞋。

　　鸫飞落到老太婆的肩上，老头儿看见了就说："老太婆，你别动，让我把鸫打死！"说完，他朝老太婆的肩上猛打了一巴掌，可惜没打着鸫。

　　老太婆被他一打，倒在地上，把装着牛奶的挤奶桶给打翻了。

　　老太婆气得跳了起来，指着老头儿的鼻子开始骂个不停。

　　狐狸好一段时间为老头儿的愚笨行为捧腹大笑不止。

　　鸫飞回巢内，他还没来得及喂他的孩子，狐狸又在用尾巴敲树了：嗒、嗒、嗒！"鸫啊鸫，你给拿吃的吗？"

　　"我给你拿吃的！"

　　"你给我拿喝的吗？"

　　"我给你拿喝的！"

　　"你逗我开心吗？"

　　"我逗你开心！"

　　"现在你要让我感到恐惧！"

鹧听了很是气愤，说："把你的眼睛闭上，跟我跑吧！"

鹧飞起来，他飞着，偶而引空鸣叫几声。

狐狸眼睛紧闭，跟在他的后面紧跑着。

鹧一直把狐狸带到了猎人那里。

"喏，狐狸，现在你该感到恐惧了吧！"

狐狸刚睁开，就看见她面前有几条狗，吓得她扭头就跑。狗在她后面穷追不舍，她差一点就没有逃进自己的巢穴。

她钻进洞里，长叹了一口气，开始问道："眼睛，眼睛，你们在做什么？"

"我们在看着，不让狗把狐狸吃掉。"

"耳朵，耳朵，你们在做什么？"

"我们在听着，不让狗把狐狸吃掉。"

"四条腿，四条腿，你们在做什么？"

"我们在跑着，不让狗把狐狸抓到。"

"那么，你这条大尾巴在做什么？"

"我这条大尾巴总是会挂住树桩子、灌木丛和捕兽器，而且还阻碍狐狸的逃跑。"

狐狸听了，冲尾巴大发脾气，于是，她把尾巴伸出洞去。

"狗，你们咬掉我的尾巴吧！"

狗一下子就咬住了狐狸的尾巴，拼命地想把它给咬掉，结果把狐狸从洞里给拖了出来。

狐狸和公鸡

关于狐狸的事，还有很多很多，当然，这不是故事，只是一段开场白，故事还在后边呢。

一只狐狸跑到一户贵族家的庭院里，想吃牛棚里的牛犊、鸡窝里的鸡仔、母羊身边的羊羔、母猪身边的猪崽。

一只公鸡见到狐狸，他鼓动着两只翅膀，啼鸣起来，整个院子一下子变得喧闹起来。

人们都跑拢来：老太婆们，有的提着铁锹，有的拿着炉叉；老头儿们，有的提着斧头，有的拿着扁担；小孩子们，有的提着铁勺子，有的拿着擀面杖；大家都想打死狐狸。

狐狸费了好大的劲儿才逃窜出来，逃往树林子里，在赤杨树丛下面倒下，在那里躺了整整三天。

一天，公鸡来到野外空地，飞到一棵高大的树上歇息。

狐狸已经恢复了体力和精神，又在野外空地上来回溜达着。

她散步到那棵树附近，正好看到公鸡在那里栖息。

"公鸡，你是路过还是专门来这儿来监视我们野兽的？"

"唉，狐狸大妈！我只是从此路过，谁也不监视。"

"公鸡，如果你不忏悔，你会死在这棵大树上的。你就从树上下来，你的内心里不是有很多罪过吗？"

公鸡听了，倍受感动，他从树上开始向下跳：一节节树干，一条条小枝，一根根残枝。最后他终于落到了地上，站在了狐狸的面前。

狐狸猛地扑到了公鸡的身上，用爪子拼命地抓住公鸡，并把公鸡的翅膀向两侧展开来，她边撕扯边说："公鸡，你说！当我生活极度窘迫、饥肠辘辘的时候，我去富有的贵族家里，弄些吃的填饱肚子，这难道会对他带来多大的损失吗？然而就在这个节骨眼上，你可是第一个开口大声叫喊的！"

公鸡回答说："唉，狐狸大妈，人们都知道你，商人、贵族都尊重你，拿你的皮毛缝皮袄，逢年过节把它穿在身上，别提多神气多漂亮啦。

但这件事千万别责怪我，我只不过是忠心侍主、不为两君罢了。"

"公鸡！别往别的地方上扯！"

她这回更凶狠地撕扯起公鸡来了。

公鸡又说："唉，狐狸大妈，从现在开始，我要死心塌地地为你效劳！如果你要烤制圣饼，我就去买圣饼，还要高唱赞美歌，祈祷让洪福降落到你我的头上吧……"

狐狸听得心软了，不知不觉稍稍松开了爪子。

公鸡借机挣脱开，飞到一棵高一点儿的树上："唉，狐狸大妈，你的圣饼甜不甜？还要不要榛子？别把你的牙齿给咬坏啰！"

狐狸没有想到，自己聪明一世，今天居然被一只公鸡给骗了，到嘴的肥鸡肉就这样给丢了。

狐狸和鹤

不知为什么，狐狸跟鹤成了一对好朋友。

有一次，狐狸心血来潮，要请鹤吃饭，她跑去亲自请鹤到自己家里来做客："亲爱的鹤，来吧，你必须要来！真的，我要请你吃大餐！"

鹤去赴宴。

狐狸已经把碎麦米饭煮好了，她把饭平抹在平底盘上。

她把盘子端上，请鹤吃："别客气，亲爱的鹤！"

鹤用尖嘴笃笃地敲着盘子，可是敲啊敲，却什么也吃不到。

而狐狸一会儿舔舔自己的身子，一会儿又舔舔饭粒，就这样她自己把饭全部都吃掉了。

把饭吃光以后，她说："鹤，你别介意！实在没有其他东西可以招待啦。"

鹤回答说："狐狸，为此我该好好地感谢你！请到我家里面做客吧。"

第二天，狐狸来到鹤的家里，鹤已经做好了冷杂拌汤。

鹤把汤倒进瓶颈细长的罐里，然后把罐放到桌上说："狐狸，随便吃！说实话，实在没有其他什么东西可以请你。"

狐狸开始围着罐直转圈。

她时而绕着罐走，时而舔舔罐，时而又闻闻罐，总之，无论她怎么做，就是没法让她的脑袋钻到罐子里面去。

而鹤一边啄啄自己的身子，一边又啄汤喝，不一会儿就把汤全都喝完了。

"狐狸，别介意！实在没有其他东西可以招待啦。"

狐狸沮丧极了。

她原本还设想，吃上它整整一个礼拜，然后跑回自己的家里，可如今只得灰头土脸地走了。这实在是以其人之道还治其人之身。

自那时起，狐狸和鹤的友谊也就是这样莫名其妙地宣告结束了。

猫和狐狸

相传在很久很久以前，有一个农夫养了一只猫，这只猫特别调皮！他讨厌得不得了。

农夫思来想去，最后把猫装进口袋，带到了森林里。

他走进森林，把猫就地扔了。

猫走呀，走呀，终于发现了一间小屋子。

他爬进顶楼，住了下来。

每当他饿了的时候，就跑到森林里去，捕鼠捉鸟，以此充饥，等吃饱了，再回到顶楼上，没有任何不开心的事。

一天，猫出去闲逛，碰见了狐狸。狐狸见了猫，十分惊讶：我在森林里住了这么多年，还从没见过这种野兽！

狐狸向猫行了个礼，问道："请问年轻人，你是哪里人？来自哪儿？如何称呼你的尊姓大名呢？"

猫抖了抖他身上的毛，回答说："我叫科托菲·伊万诺维奇，我来自西伯利亚，是以总督的身份被派到你们这里来的。"

"哎哟，科托菲·伊万诺维奇，失敬了！"狐狸说，"对于你，我一点也不了解，也从未见过。喏，请到我家里来作客吧。"

猫到狐狸那里去。狐狸把他领到自己住的巢穴，用各种野味款待他，还时不时地向他提问："科托菲·伊万诺维奇，你现在单身，还是已经有了妻室了？"

"我还是单身。"

"这很棒，我狐狸是个姑娘，我们结为夫妻吧！"

猫欣然同意，于是他们摆上酒宴，欢乐一番。

第二天，狐狸外出寻食，猫留在家里。

狐狸四处寻找着，最后逮到了一只鸭子。

她把鸭子叼回来，半路上，她碰到了狼。

"别动，狐狸！把鸭子给我！"

"不，不给！"

"哼，如果你不给鸭子，我就动手抢。"

"我要报告科托菲·伊万诺维奇，你会被处以死刑的！"

"科托菲·伊万诺维奇是谁？"

"难道你不知道吗？科托菲·伊万诺维奇是以总督的身份从西伯利亚的森林派到我们这里来的！以前我是姑娘，如今我已经做了总督夫人了。"

"不，我从没听说过，丽查维塔·伊万诺夫娜。我能见他一面吗？"

"嗨！我那科托菲·伊万诺维奇是很凶狠的，如果谁违背他的意思，立刻就被吃掉！你去好好准备一只公羊，并且带着它前来晋谒：你把公羊放在明显的地方，而你本人不要露面，别让科托菲·伊万诺维奇发现，否则，你就会招来杀身大祸的！"

狼跑去找羊了，狐狸赶路回家。

狐狸走着，碰到了熊。

"别动，狐狸，你准备把鸭子给谁啊？不如给我吧！"

"熊，你趁早逃走吧，否则，我要报告科托菲·伊万诺维奇，你会被处以死刑的！"

"那么，科托菲·伊万诺维奇是谁呢？"

"他是以总督身份从西伯利亚的森林派到我们这里来的。从前我是姑娘，可如今我已经做了科托菲·伊万诺维奇的夫人了。"

"我能见他一面吗？丽查维塔·伊万诺夫娜？"

"嗨！我那科托菲·伊万诺维奇是很凶狠的，谁要是惹到了他，就会被立刻吃掉。你去好好准备一头公牛，并且带着它前来晋谒。你可要记得，把公牛放在明显的地方，而你本人不要露面，别让科托菲·伊万诺维奇发现你，否则，你就会惹来杀身大祸的！"

熊跑去找牛了，狐狸赶路回家。

现在狼把公羊拖来了，还把皮剥了，他正犹豫不决，瞧见熊也拖着公牛来了。

"你好，米哈依勒·伊万诺维奇！"

"你好，列沃！你看到狐狸和她的丈夫了吗？"

"没有，米哈依勒·伊万诺维奇，我也在敬候他们。"

"不如你去把他们请来吧。"熊对狼说。

"不，我不去，米哈依勒·伊万诺维奇。我呆头笨脑，还是你去合适。"

"不，我不去，列沃兄弟。我全身都是毛，又是脚趾内向，我不能去!"

突然，一只兔子不知从哪里蹦了出来。狼和熊马上冲他叫喊起来：
"兔子，过来这边！"

兔子立刻蹲了下来，把耳朵竖了起来。

"兔子，你头脑灵活，腿脚麻利，你到狐狸那边跑一趟吧，你和她说，就说米哈依勒·伊万诺维奇熊和列沃·伊万诺维奇狼兄弟早就准备好一切，恭候她和她的丈夫科托菲·伊万诺维奇，并且带来公羊和公牛前来晋谒。"

兔子飞也似地向狐狸那里跑去。熊和狼就开始商量找个藏身之地。

熊说："我爬到松树上去。"

但是，狼对他说："那我藏在哪儿好呢？我原本就不会爬树，你把我藏起来吧。"

熊把狼隐藏在灌木丛里，用枯叶把上面遮好，他自己爬上松树，爬到树梢上，时不时地张望着，看看科托菲·伊万诺维奇和狐狸过来了没有。

此时，兔子已经跑到了狐狸的巢穴那里。

"米哈依勒·伊万诺维奇熊和列沃·伊万诺维奇狼派我来说，他们已经早早地恭候你和你的丈夫，还带来公羊和公牛前来晋谒你们。"

"兔子，你先去吧，我们一会儿就到。"

猫和狐狸终于出现了。

熊看见他们，便冲狼说："科托菲·伊万诺维奇的个子太小了！"

猫马上朝公牛扑去，他抖了抖身上的毛，便开始用牙齿、用爪子撕咬着肉，并且嘴里不停地嘀咕着什么，仿佛很生气似的："喵呜，喵呜！……"

熊又对狼说："个子虽然很小，胃口却大得惊人！我们四个都吃不完的，他一个还嫌不够。现在他向我们靠近了。"

狼特别想看看科托菲·伊万诺维奇，然而从枯叶缝里往外看，根本看不清，于是，狼悄悄地把枯叶扒开。

猫听到枯叶发出窸窸的声响，还以为是有老鼠，他猛地扑了过去，他的爪子刚好抓在了狼的脸面上。

狼吓坏了，马上跳了出来，撒腿就逃。

猫自己也被吓了一大跳，他连忙向蹲着熊的那棵大树上爬去。

"糟糕，"熊想，"他发现我了！"

然而，时间已经来不及等熊下树了，只见他从树梢上咚的一声摔到了地面上，快把五脏六腑都震坏了，他突然一跃而起，拼命地逃走了。

狐狸在后面叫着："逃吧，快逃吧，否则他会把你们都咬死的！"

从那时候起，所有的野兽都对猫产生了恐惧。猫和狐狸给自己储备好准备过冬的肉，他们的日子过得一天比一天美好。

从那以后，他们生活的越来越幸福！

母羊、狐狸和狼

有一天，有一只母羊从一户农夫家里逃了出来。路上，她碰见了一只狐狸。

"母羊，你要去哪儿啊？你的目的地是哪儿呢？"

"唉，亲爱的狐狸妹妹！我本来在一个农夫家里待着，可是我实在受不了那里的生活：那只公羊总是爱做一些调皮捣蛋的事，可结果却总是会怪罪到我母羊的头上。所以我这次决心逃出来，到了现在还没有找到个落脚点呐。"

"我也一样！"狐狸说，"无论是鸢还是鹞，它们把小鸡抓走，罪责都会归到我狐狸的头上。咱们两个一块儿走吧！"

路上他们又遇见一只饿狼。

"母羊和狐狸，你们两个还要走很远的路吗？"

狐狸对狼说："还没有找到个可以歇息的地方呢！"

"那我们仨一起走吧！"

他们三个并排走着。忽然，狼对母羊说："怎么样，母羊，你的那身羊皮可归我了！"

狐狸听了，就接过话说："兄弟，你确定那是你的吗?"

"不错，是我的羊皮。"

"你敢发誓吗?"

"我敢发誓。"狼说。

"到时候你就发誓吧！"

狐狸留意到农夫在小路上预设了一个弹簧夹。它把狼带到那个弹簧夹前，说："你就在这里发誓吧！"

狼十分唐突地把脑袋伸到弹簧夹里面，随着咔嚓一声响，狼被弹簧夹给夹住了。

狐狸和母羊便乘机一起继续赶它们的路了。

熊和狐狸

在很久很久以前的大森林里，有一头熊和一只狐狸。

熊在他住得那间屋子的顶楼上存放着一桶蜜。

狐狸得知这个消息后，它就想把蜜弄到手，它跑到熊那里，坐在小窗下："熊，你不知道我的难处！"

"狐狸，你有什么难处?"

"我的房屋太寒酸，墙角都塌掉了，到现在我连火炉都没有生。允许我到你这儿借宿吧。"

"狐狸，你进来吧。"

于是，他们躺在炉顶上面睡觉。

狐狸躺着，不停地摇着尾巴。它琢磨如何才能弄到蜜吃呢。

熊刚睡着，狐狸就用尾巴敲得嗒嗒的响。

"狐狸，是谁在敲门？"

"那是有人来找我帮忙接生。"

"狐狸，那你就去吧。"

于是，狐狸离开了熊。

它潜到顶楼上，把桶打开，吃起蜜来。

狐狸吃饱以后，又回到炉顶上，仍旧躺下睡觉。

"狐狸啊狐狸，"熊问，"给宝宝取什么名字了？"

"开个头。"

"这个名字挺好听的。"

第二天晚上，他们躺下睡觉，狐狸又用尾巴敲得嗒嗒的响。

"熊啊熊，又有人来找我帮忙接生。"

"狐狸，你就去一趟吧。"

狐狸潜到顶楼上，吃掉了一半的蜜，然后又回到炉顶上睡觉。

"狐狸啊狐狸，给宝宝起什么名字了？"

"对半开。"

"这个名字挺不错的。"

第三夜，狐狸又用尾巴敲得嗒嗒的响："又有人来找我帮忙接生。"

"狐狸啊狐狸，"熊说，"你早去早回，我就要煎春饼了。"

"好的，我早去早回。"

狐狸又潜到顶楼上，这回把桶里的蜜吃个精光，舔个干净。

它回到炉顶上，此时，熊已经起身了。

"狐狸啊狐狸，给宝宝起了什么名字啊？"

"一扫光。"

"这个名字比前两个都好。好吧，我们现在煎春饼吧。"

等熊煎好了春饼，狐狸开口问道："熊，你把蜜放在哪儿了？"

"在顶楼上。"

熊爬到顶楼上，桶里的蜜早就不知到哪儿去了，空空如也。

"谁把它吃掉了？"熊问，"除了你，狐狸，还能有谁！"

"不，熊，这是哪儿的话，我从来没有见到过蜜。是你自己把它吃了，反倒诬陷是我吃的！"

熊苦苦地思索着……

"好吧"，熊说，"我们都来检验检验，看究竟是谁吃的。让我们都把肚皮冲着太阳晒。如果谁的肚皮上有蜜渗出来，那就是谁吃掉了蜜。"

他们躺到太阳底下。

熊很快就呼呼睡去，狐狸却瞪大着眼睛，睡不着。

它把自己的肚皮看了又看，忽然，她发现蜜从她的肚皮上渗了出来。

这时，她手脚麻利地把蜜抹在了熊的肚皮上。

"熊啊熊！你看这是什么？是谁吃掉了蜜！"

熊被叫醒了，看着自己肚皮上的蜜，只好承认是自己吃了。

狐狸沉油罐

有一天，有一只狐狸来到一个村庄的一所屋子里，发现里面居然一个人也没有。

狐狸在屋子里面四处转着，想找一些吃的，最后它在角落里看见一只油罐。这只油罐罐口很深。

"怎样才能弄到油喝呢？"狐狸围着油罐转了几圈，然后就将脑袋死命地往油罐里钻。费了很大劲以后，它终于把脑袋塞进了这个油罐里，然后就急不可耐地美滋滋地喝起油来。

这间屋子的主人突然回来了，狐狸拼命地想把它的脑袋从油罐子里拔出来，可是情急之下却办不到，她只好脑袋套着油罐仓促逃命。

它逃啊逃，一直逃到一条小河边，狐狸无奈地开腔说："油罐老兄，你的玩笑已经开够啦，请你放开我吧！"

可是，油罐好像没有听到似的依然套在它的头上。于是，狐狸恐吓地说："再不放开我，我就把油罐放进冰窟窿里冻结起来，然后把你砸个粉碎。"

她走到冰窟窿前，把脑袋连同油罐一起钻了进去。

可是油罐又大又重，狐狸带着它一起掉进河里，很快他们就沉到了河底；就这样，套着油罐的狐狸也被河水给淹死了。

狐狸哭灵

在很久以前的一个大山里，住着一对恩爱的老夫妻。

有一天，老太婆死了，老头儿非常伤心，然后他出门要去找个哭灵的人来哭灵。

半道上，迎面来了头狗熊，"老头儿，您上哪儿去？"

"找个哭灵的人哭灵，老太婆死了。"

"就雇我吧！"

"你会哭灵吗？"老头儿问。

狗熊吼叫起来："唉，我那苦命的老太婆啊，你怎么这么早就离开了人世啊！"

"狗熊，你的嗓门真难听啊！我不能用你，你不会哭灵。"老头儿拒绝了狗熊。

老头继续往前走，走啊走，没多久又遇到了一只灰狼。

"老头儿，您上哪儿去?"

"找个哭灵的人为我死去的老太婆哭灵。"

"就雇我吧!"

"你会哭灵吗?"

"会，老头有个老太婆，他不爱她。"

"不，你压根儿不会哭灵，我不能雇你!"

老头儿又继续往前走，走啊走，迎面跑来一只狐狸。

"老爹，您上哪儿去?"

"找个哭灵的人哭灵，我的老太婆死了。"

"老爹，就雇我吧!"

"你会哭灵吗?"

狐狸振振有词地数落着，哭起灵来:

"老爹有个老嫂，

为了多纺点纱，

她清晨起得早。

她烧饭又做汤，

给老爹吃个饱。"

"好极了!"老头说，"看来你对哭灵真的挺在行的。"

于是，老头把狐狸领到家里，请它坐到老太婆的脚旁，让它哭灵，然后他自己就去为老太婆做棺材去了。

当老头回来时，发现老太婆和狐狸都不见了。

狐狸早已溜之大吉，老太婆的一堆骨头在房屋的角落里发现了。

老头见此情景，悲痛万分，痛哭不已。

可怜的老太婆居然叫狐狸给吃了，只剩下一堆骨头。

雪姑娘和狐狸

在很久很久以前，在大山里的一个小村子里，住着老夫妻俩，他们有个孙女名字叫雪姑娘。

有一年夏天，雪姑娘随朋友们一起上山去采野果。

她们在树林子里边走边采，茫茫林海，大树一棵连着一棵，灌木一丛接着一丛。

后来，雪姑娘和朋友们走散了，失去了联系。

朋友们大声呼喊着她的名字，可是，雪姑娘就是没有听到。

天色慢慢地暗下来了，朋友们各自跑回家去了。

而雪姑娘也一直在找朋友们，夜幕降临的时候她意识到此刻只剩下她独个儿了，为了安全她爬到了一棵大树上，一边抽泣，一边低声唱着：啊呜！啊呜！亲爱的，啊呜！啊呜！雪姑娘！

爷爷奶奶他们俩，

有个孙女雪姑娘；

女友诱她进林子，

末了弃她在此厢。

狗熊跑来问道："雪姑娘，你怎么哭了？"

"狗熊，我怎么能不哭呢？我是爷爷奶奶唯一的孙女。朋友陪我进林子，末了，就丢下我一个人在此啊。"

"下树吧，我驮你回家。"

"不，我见了你害怕，你会把我吃掉的！"

狗熊无奈地离开她，走掉了。接着她又抽泣起来，低声地唱着：啊呜！啊呜！亲爱的，啊呜！啊呜！雪姑娘！

灰狼闻听跑来问道："雪姑娘，你怎么哭了？"

"灰狼，我怎么能不哭呢？朋友陪我进林子，末了，就丢下我一个人在此啊。"

"下树吧，我驮你回家。"

"不，你会把我吃掉的！"

灰狼也无奈地走掉了。

雪姑娘又抽泣起来，低声唱着：

啊呜！啊呜！亲爱的，

啊呜！啊呜！雪姑娘！

这一次，跑来的是狐狸，问道："雪姑娘，你怎么哭了？"

"狐狸，我怎么能不哭呢？朋友陪我进林子，末了，就丢下我一个人在此啊。"

"下树吧，我驮你回家。"

雪姑娘打量着狐狸，知道它不会伤害自己。

于是从树上溜了下来，坐到狐狸背上，狐狸驮着她飞跑着。

一口气跑到了家门口，狐狸用尾巴"嘟，嘟"地敲门。

"门外是谁啊？"

狐狸回答说："我把你们的孙女雪姑娘送回家来啦！"

"唷，是你呀，亲爱的狐狸，快进屋里坐会儿吧，我们该如何答谢你才好呢？"

人们端来了牛奶、鸡蛋和乳渣，款待狐狸，表示对它的谢意。

狐狸吃得酒足饭饱。

临走时，还带走了人们送它的一只小鸡。

小圆面包

这个故事发生在很久以前，据说有一对老夫妻，有一天，老头儿对他的老伴说："老太婆，刷刷篮子，清清木箱，看能不能拼凑些面粉，试试做个小圆面包吧？"

老太婆听罢，拿了把笤帚，刷刷篮子，清清木箱，拼凑出两把面粉。

她用酸奶搅拌面粉，做好了小圆面包，涂上黄油烘烤，不一会儿，小圆面包就烤好了，老太婆把它们取出来，放到窗台上弄凉。

起初，小圆面包静静地躺着、躺着，突然它起了坏主意，拼命地滚动起来：从窗台滚到了木炕上，从木炕上滚到地板上，顺着地板滚到了房门前，跃过门槛，来到穿堂，通过穿堂，下了台阶，到达院子，从院子里出了大门，一直向前滚动而去。

小圆面包沿着小路飞快地滚动着，与一只小白兔相遇了："小圆面包，小圆面包，我要把你吃掉！"

"小兔子，别吃我，我唱个歌儿给你听：

刷一刷篮子，

清一清木箱，

拼凑成我这个小圆面包；

用酸奶搅和，

上黄油烘烤，

放在窗台凉凉味道更好。

我从老爹那里逃跑，

我从阿婆那里逃跑，

小兔子，我自然也要从你身旁逃跑！"

唱罢，趁小兔子不注意顺着小路飞滚而去。

小兔子气坏了，但只能眼睁睁地看着小圆面包跑掉了。

小圆面包滚啊滚，又遇到了大灰狼："小圆面包，小圆面包，我要把你吃掉！"

"别吃我，灰狼，我唱个歌给你听：

刷一刷篮子，

清一清木箱，

拼凑成我这个小圆面包；

用酸奶搅和，

上黄油烘烤，

放在窗台凉凉味道更好。

我从老爹那里逃跑，

我从阿婆那里逃跑，

我从小兔那里逃跑，

灰狼，我自然也要从你身旁逃跑！"

唱罢，趁灰狼不注意，顺着小路飞滚而去，灰狼也气坏了，但只能眼睁睁地看着小圆面包跑掉了。

小圆面包滚啊滚，又遇到了狗熊："小圆面包，小圆面包，我要把你吃掉！"

"你这个脚趾内向的，要在哪里把我吃掉啊！我唱首歌给你听吧！

刷一刷篮子，

清一清木箱，

拼凑成我这个小圆面包；

用酸奶搅和，

上黄油烘烤，

放在窗台凉凉味道更好。

我从老爹那里逃跑，

我从阿婆那里逃跑，

我从小兔那里逃跑，

我从灰狼那里逃跑，

狗熊，我自然也要从你身旁逃跑！"

唱罢，趁着狗熊不注意，又飞滚向前，狗熊也气坏了，但只能眼睁睁地看着小圆面包跑掉了！

小圆面包滚啊滚，这次遇到一只狐狸："小圆面包，小圆面包，你要滚到哪里去啊?"

"我顺着小路滚行。"

"小圆面包，小圆面包，唱个歌给我听吧!"

小圆面包听罢就欢快地唱起来：

刷一刷篮子，

清一清木箱，

拼凑成我这个小圆面包；

用酸奶搅和，

上黄油烘烤，

放在窗台凉凉味道更好。

我从老爹那里逃跑，

我从阿婆那里逃跑，

我从小兔那里逃跑，

我从灰狼那里逃跑，

我从狗熊那里逃跑，

狐狸，我自然也要从你身旁逃跑！

狐狸接口说："唉，你歌唱得怪好听的，可是我听不清楚。小圆面包，小圆面包，跳到我鼻尖上来，再唱一遍给我听吧，大声些!"

小圆面包听罢跳到狐狸的鼻尖上，大声地唱着那支歌。

狐狸又对它说："小圆面包，小圆面包，跳到我舌尖上来，再唱一遍吧，我太喜欢听了！"

小圆面包信以为真，傻乎乎地跳到了狐狸的舌头上，狐狸一下子就把它给吃掉了。

红鸡冠

在很久以前，有一只猫、一只鸫和一只头上长着红色鸡冠的公鸡，他们三个是好朋友。他们都住在树林子里的一间小屋里。

有一天，猫和鸫进森林砍柴，把公鸡单独留在家里。

他们临走时，郑重地对公鸡嘱咐道："我们出门去砍柴，你留下来看家。别嚷嚷，要是那狡猾的狐狸闯进来，你一定要保护好自己，千万别把脑袋伸到窗外去。"

但消息还是传出去了，狐狸知道了猫和鸫不在家，就跑到小屋跟前，坐到窗台下面，开始唱起来：

小公鸡呀真可爱，

小脑袋上红冠戴，

面颊油亮红光闪，

胡须一绺真叫帅，

请把脑袋伸出来，

豌豆味道实在美。

公鸡一听狐狸先生在赞美他，而且还有豌豆吃，于是就把脑袋伸出窗外去。

狐狸闪电般地伸出爪子，一把抓住公鸡，转身飞奔回了自己的巢穴。

公鸡急得大声呼叫：

抢我者狐狸，

跑出密林，

越过急流，

奔向高山……

猫啊鸫啊，快来救救我！……

猫和鸫听到公鸡的呼救声，跟踪追寻，最终猫和鸫费了很大气力从狐狸那里夺回了公鸡。

过了几天，猫和鸫又要进森林里砍柴，他们再次对公鸡叮嘱道："公鸡，这次你可千万别把脑袋探出窗外去，我们要去更远的地方，也许无法听到你的声音了。"

说罢，他们就走了，狐狸又跑到小屋跟前，唱起来：

小公鸡呀真可爱，

小脑袋上红冠戴，

面颊油亮红光闪，

胡须一绺真叫帅，

请把脑袋伸出来，

豌豆味道实在美。

公鸡一听和上次一样，就想起了之前的事，于是安静地坐着，一声不吭。

狐狸想了一会，又唱起来：

孩子跑啊跑，

麦子撒落了，

母鸡啄啊啄，

不让公鸡啄……

公鸡一听有母鸡不让啄，非常欢喜，把脑袋伸出窗外去问："喔喔喔！干嘛不让啄?!"

狐狸又一次闪电般地伸出爪子，一把抓住公鸡，转身飞奔回自己的巢穴。

公鸡大声呼叫：

抢我者狐狸，

跑出密林，

越过急流，

奔向高山……

猫啊鸫啊，快来救救我！……

猫和鸫听到公鸡的呼救声，马上放下打好的柴跟踪追寻。

猫跑着，鸫飞着，很快就追上了狐狸，猫咬着，鸫啄着，终于夺回了大公鸡。

时光飞逝，又过了一个星期之后，猫和鸫又得去森林砍柴。

临走时，他们一再对公鸡严加叮咛："你千万记住别听狐狸的鬼话，不管他说什么你千万别再把脑袋伸出窗外去，我们这次砍柴的地方很远，恐怕很难听到你的声音了。"

说罢，猫和鸫进森林砍柴去了。

他们一走，狐狸就来了，坐到窗台下面，唱起来：

小公鸡呀真可爱，

小脑袋上红冠戴，

面颊油亮红光闪，

胡须一绺真叫帅，

请把脑袋伸出来，

豌豆味道实在美。

公鸡知道和之前的一样，于是安静的坐着，一声不吭。

狐狸又唱起来：

孩子跑啊跑，

麦子撒落了，

母鸡啄啊啄，

不让公鸡啄……

公鸡一听和前次的也一样，还是静静地坐着，沉着气，一声不吭。

狐狸思考了一会儿，然后再次唱起来：

人们跑啊跑，

核桃撒落了，

母鸡啄啊啄，

不让公鸡啄……

公鸡一听这次为什么还不让公鸡啄呢？于是他把脑袋伸出窗外去："喔喔喔！干嘛不让啄?!"

狐狸再次闪电般地伸出爪子，一把紧紧抓住，转身飞奔回自己的巢穴，跑出密林，越过急流，奔向高山……

这一次猫和鸫实在太远了，无论公鸡怎样大声呼救，猫和鸫还是听不到他的声音，直到猫和鸫砍好柴回到家里，才发现公鸡已经被狐狸抓走了。

猫和鸫嗅着狐狸的足迹跟踪追寻。

猫跑着，鸫飞着，一直来到狐狸的洞口。猫调好古丝里的弦，轻轻地弹起来：

弹起古丝里，

金色的琴弦，

问一声狐狸，

可在暖窝里？

狐狸听的非常入神，自个儿想："不知道是谁把古丝里弹得这样好，把歌唱得这样甜，我得去看看，认识一下。"

狐狸抓着公鸡，刚刚爬出洞口，猫和鸫就一齐跳上前去，一把将狐狸揪住，拳头像雨点般地打下来。

他们一直打到狐狸逃脱为止。

猫和鸫抱起奄奄一息的公鸡，把他放到篮子里带回家中。

从此以后，狐狸就不知去向，也就没有再来诱骗大公鸡，大公鸡他们三个一直幸福地过着日子。

坑中群兽

在很久以前，有一对鸡夫妇。

有一天，天气骤变降下来很多冰雹。

母鸡吓坏了，大叫起来："公鸡，公鸡！不好了！大难临头！贵族老爷来了，他们枪炮齐鸣，四方射击，要打死我们！我们赶紧逃命去吧！"

于是，他们就一起跑起来了。

他们跑啊跑，一只兔子迎面走来："公鸡，你们干嘛呢，为什么跑啊？"

"唉，别问我，你问母鸡！"

"贵族老爷来了，他们枪炮齐鸣，四方射击，要打死我们！我们赶紧逃命去吧！"

"那也带我走吧！"兔子急匆匆地说。

于是，他们三个一道跑起来了。

这时，一只狐狸迎面走来："小兔子，你们为什么跑啊？要跑到哪里去啊？"

"别问我，你问公鸡！"

"公鸡，你跑到哪里去啊？"

"唉，别问我，你问母鸡！"

"母鸡，你们为什么跑啊？要跑到哪里去啊？"

"贵族老爷来了，他们枪炮齐鸣，四方射击。要打死我们！我们赶紧逃命去吧!"

"带我走吧!"狐狸急匆匆地说。

于是,他们四个一道跑起来了。

一只狼迎面走来:"狐狸,你们为什么跑啊?要跑到哪里去啊?"

"别问我,你问小兔子!"

"小兔子,你们为什么跑啊?要跑到哪里去啊?"

"别问我,你问公鸡!"

"公鸡,你们为什么跑啊?要跑到哪里去啊?"

"唉,别问我,你问母鸡!"

"母鸡,你们为什么跑啊?要跑到哪里去啊?"

"贵族老爷来了,他们枪炮齐鸣,四方射击,要打死我们!我们赶紧逃命去吧。"

"带我走吧!"狼急匆匆地说。

于是,他们五个一道跑起来了。

一头熊迎面走来:"狼,你们为什么跑啊?要跑到哪里去啊?"

"别问我,你问狐狸!"

"狐狸,你们为什么跑啊?要跑到哪里去啊?"

"别问我,你问小兔子!"

"小兔子,你们为什么跑啊?要跑到哪里去啊?"

"别问我,你问公鸡!"

"公鸡,你们为什么跑啊?要跑到哪里去啊?"

"唉,别问我,你问母鸡!"

"母鸡,你们为什么跑啊?要跑到哪里去啊?"

"贵族老爷来了,他们枪炮齐鸣,四方射击,要打死我们!我们赶紧逃命去吧。"

"带我走吧!"熊急匆匆地说。

于是，他们六个一道跑起来了。

他们没命地向前跑，突然他们一齐坠进了深坑。

深坑太深了，他们用尽了办法也未能跳出来，他们只好一起在坑里坐着，时间一久，他们的肚子都饿得想吃东西，可是又爬不出这个深坑来。

狐狸翻着坏坏的小眼睛说：

"我们报名字吧！看谁的名字不好，大家就吃掉谁怎么样？"

大家都表示了同意。

狐狸唱起来：

"大熊"好名字。

"狐狸"好名字。

"灰狼"好名字。

"小兔"好名字。

"公鸡"好名字。

"母鸡"坏名字。

于是，他们一齐把母鸡吃掉了。

过了不一会儿，大家又饿了。

狐狸又唱起来：

"大熊"好名字。

"狐狸"好名字。

"灰狼"好名字。

"小兔"好名字。

"公鸡"坏名字！

于是，把公鸡吃掉了。

大家坐了一会，又饿了。

狐狸再次唱起来：

"大熊"好名字。

"狐狸"好名字。

"灰狼"好名字。

"小兔"坏名字!

于是,他们又把小兔子吃掉了。

不久,大家又饿了。

狐狸再一次地唱起来:

"大熊"好名字。

"狐狸"好名字。

"灰狼"坏名字!

狼被熊咬死了。他和狐狸一起吃起来。

狐狸吃了其中一部分狼肉,把余下的都藏了起来。

他们坐着,坐着,又觉得饿了。

狐狸偷偷地吃藏起来的狼肉,熊问道:

"狐狸,你在吃什么东西呢? 吃得那样津津有味?"

"我掏自己的肠子吃呢。"

"那么你是如何把肠子掏出来的?"

"我把肚皮撕开,像这样掏出来了。"

熊听信了狐狸的话,就把他自己的肚皮生生撕开了。

坑里只剩下了狐狸自个儿。

过了不久,一只山雀从坑旁飞过。

狐狸大声向她求救:

"山雀,请把我从灾难中解救出来吧!"

"可是我该怎么救你呢?"

"搬些树枝到坑里来!"

山雀向坑里送了些树枝,慢慢地,树枝越来越多,狐狸的脚下越垫越高,最后,狐狸终于爬了上来。

公鸡和磨盘

在很久很久以前的山村里，有一对生活很贫困的老夫妇。

老两口连吃的也没有。

于是，他们赶车到森林里去，采了橡实，运回家中储存起来。

老太婆没留意掉下一颗橡实，那橡实在地板上滚着，掉进缝隙，最后钻进地里去了……

没过多久，那橡实发芽了，又过了不久，一个劲儿地穿过地板往上长。

老太婆发现了这件事，便说："老头子，我们应该在这块地板上开个洞，让橡树长得高一些。一旦树长成森林，我们也就不用赶车到森林里，就可以在自己的屋子里采橡实吃了。"

老头儿在地板上开了个洞。

橡树长啊长，一直长到天花板上。

老太婆又说："老头子，我们应该把天花板揭掉，让橡树长的更高些。"

于是，老头儿揭掉了天花板，然后又揭去屋顶。

橡树长啊长，一直长到天边。

如今，老两口又没有橡实可吃了。

老头儿拿了口袋，爬上树去。

他爬着爬着，一直爬到天上。

仔细一看，有一间小屋子，他走了进去。

小屋里有一只头上长着火红鸡冠的公鸡，还有一张磨盘。

老头儿想了想，把磨盘揣进口袋，抱了公鸡，从树上爬了下来。

他下了树说："老太婆，公鸡和磨盘你收好了。"

老太婆把公鸡放到炉台上，把磨盘取来，磨将起来。

一推磨，就有薄饼和馅饼从盘口里往外流。

磨盘一转动，薄饼和馅饼就不断地流出来。

老太婆磨出许多薄饼和馅饼，先让老头儿吃饱了，然后再自己吃。

老两口生活从此过得很幸福，那只头上长着火红色鸡冠的公鸡和他们生活在一起。

一位老爷听说这张神磨的事情。

他跑到老两口家里来说："你们有什么吃的东西吗？"

老太婆对他说："老爷，你想吃点什么？是不是要薄饼和馅饼吃？"

说完，老太婆把磨盘取出来，磨出薄饼和馅饼。

那位老爷吃了说："老太婆，我给你钱，你把磨盘卖给我吧！"

"老爷，你说啥，我绝不卖磨盘！"

现在，老两口睡着了，那位老爷借机偷偷地把磨盘偷走了。

等老两口睡醒了，发现磨盘被偷了，难过极了。

头上长着火红鸡冠的公鸡对老两口说："老爷爷，老婆婆，你们别难过，我肯定帮你们把磨盘找回来。"

公鸡从炉台上飞下来，去把磨盘找回来。

他一路上飞奔着，迎面走来一只狐狸："头上长着火红鸡冠的公鸡，你要去哪儿？"

"去老爷那儿把磨盘要回来。"

"把我带上吧！"

"那好吧，你就爬进我的嗉囊里来吧。"

狐狸爬进公鸡的嗉囊。

他们朝前走，碰见了狼："头上长着火红鸡冠的公鸡，你要去哪儿？"

"去老爷那儿把磨盘要回来。"

"把我带上吧！"

"那好吧，你就爬进我的嗉囊里来吧。"

狼爬进公鸡的嗉囊。

他们接着走，碰到了熊："头上长着火红鸡冠的公鸡，你要去哪儿?"

"去老爷那儿把磨盘要回来。"

"把我带上吧!"

"那好吧，你就爬进我的嗉囊里来吧。"

公鸡把熊藏进嗉囊里。

然后，他一直跑到老爷住的宅院前，跳到大门口，大声地叫喊："喔喔喔，老爷! 把磨盘还给我!"

老爷听到了，透过窗子望见公鸡，就命令下人道："把他抓起来，关进鹅栏，鹅肯定将他咬死的。"

人们抓住公鸡，把它关进鹅栏。

公鸡就说："狐狸，快从嗉囊里爬出来，掐死这些鹅。"

狐狸从嗉囊里跳了出来，尽情地吃了个饱，跑掉了。

公鸡又跳到大门口："喔喔喔，老爷! 把磨盘还给我!"

老爷听到了，火冒三丈："来人，把它抓起来，扔到牛棚，牛肯定将它顶死的。"

人们抓住公鸡，把它扔进牛棚。

公鸡就说："灰狼，快从嗉囊里爬出来，咬死这些牛。"

狼从嗉囊里爬了出来，牛都被咬死了，狼也填饱了肚子，跑掉了。

公鸡再次跳到大门口："喔喔喔，老爷! 把磨盘还给我!"

老爷恼羞成怒："来人，把它抓起来，扔进马厩，马肯定将他踩死的。"

人们把公鸡扔进马厩。

公鸡就说："大熊，快从嗉囊里爬出来，扯死这些马。"

熊从嗉囊里爬了出来，马全都被扯死了，熊跑到榉树林里去了。

公鸡又跳到大门口："喔喔喔，老爷! 把磨盘还给我!"

老爷怒不可耐，把拳头擂得咚咚直响："公鸡这坏家伙！……你让我倾家荡产，毁了我全部牲畜。来人，把他杀了！"

人们就抓住公鸡，把鸡头割了下来。

老爷亲自拔光鸡毛，把鸡烤熟，吃了个精光。吃罢就想睡觉，然而，头上长着火红鸡冠的公鸡忽然在老爷的肚里喊叫起来："喔喔喔，老爷！把磨盘还给我！"

老爷害怕极了，拿起一把刀，对着自己的肚皮插去，一下就割开了肚子。

头上长着火红鸡冠的公鸡从老爷的肚子里飞了出来，抓起磨盘，一溜烟没影了。

公鸡把磨盘归还给老两口。

老两口很是开心，磨出一些薄饼和馅饼，从此，他们又生活得无忧无虑。

日子又恢复了原先的平静。

库兹玛发财致富

在很久很久以前的深山老林里，有一个名叫库兹玛的人。

他什么也没有，因此，也没有成家。

为此，他下了捕兽器。

清晨他跑去一看，狐狸落入了捕兽器。

"这下太棒了！我把狐皮卖掉，就可以换回金钱，我要用这笔钱娶老婆。"

狐狸对他说："库兹玛，把我放了吧，我会带给你莫大的幸福的，我将让你在最短的时间里成为库兹玛财主，只要你烤个油鸡给我吃，而且越快越好。"

库兹玛按照狐狸的要求把鸡烤熟了。

狐狸吃了许多鸡肉，然后朝皇家禁区草地跑去，狐狸在那皇家禁区草地上来来回回地跑动着。

"呜呜呜！我曾去过王爷府上作客，宴会上山珍海味，应有尽有，随便我想吃什么都行，明儿王爷要设宴款待，我又要去赴宴了。"

狼跑来问道："狐狸，你为什么在那儿来回跑，还大声叫呢？"

"我怎能不跑不喊呢！我曾去过王爷府上作客，宴会上山珍海味，应有尽有，随便我想吃什么都行，明儿王爷要设宴款待，我又要去赴宴了。"

狼听完请求说："狐狸，你带上我一同去参加王爷的宴会吧？"

"王爷会因为你一个不在场而深感内疚。你快去招集四十只狼，到那时我就带你们去参加王爷的宴会吧。"

狼跑到森林里去招集狼群。

他招集了四十只狼，把他们领到狐狸跟前，就这样，狐狸带他们去谒见王爷。

他们来到王爷面前，狐狸上前一步启禀说："王爷，仁人库兹玛财主向您进献四十只狼。"

王爷很开心，马上命令把狼全部赶进栏里，加上重锁。

他暗自想："库兹玛真是个财主！"

狐狸回到库兹玛身边。

它命令库兹玛再烤一只油鸡给她吃，并且要越快越好。

它饱餐一顿之后，便朝皇家禁区草地跑去。

它在皇家禁区草地上来回跑着，它的身子一下子瘫软了下来。

一头熊经过它的身旁，见了狐狸就说："喂，该死的狐狸，你看你的肚子都快撑爆了！"

狐狸接着说："呜呜呜！我曾去过王爷府上作客，宴会上山珍海味，应有尽有，随便我想吃什么都行，明儿王爷要设宴款待，我又要去赴宴了……"

熊听完请求道："狐狸，你带我一同去参加王爷的宴会吧？"

"王爷会因为你一个不在场而深感内疚。你快去聚集四十头黑熊，我带你们去王爷府上作客吧。"

熊走进椆树林，聚集了四十头黑熊，把他们带到了狐狸跟前，于是，狐狸又带他们到了王爷面前。

它跑上前一步启禀说："王爷，仁人库兹玛财主向您进献四十头熊。"

王爷喜出望外，随即吩咐把熊全部赶进栏里，加上重锁。

他暗自想："库兹玛财主原来这么有钱！"

狐狸又回到库兹玛身边。

它再次叮嘱库兹玛烤一只油鸡给它吃，并且要越快越好。

它随便吃了一些，就跑到皇家禁区草地上了。

一对黑貂迎面跑来："喂，狡猾的狐狸，你在哪儿把自己吃成现在这样？"

"呜呜呜！我曾去过王爷府上作客，宴会上山珍海味，应有尽有，随便我想吃什么都行，明儿王爷要设宴款待，我又要去赴宴了……"

那对黑貂听罢对狐狸说："狐狸，你带我们一同去谒见王爷吧。我们只要能见识一下王爷的宴会是如何的讲究和丰盛，我们就知足了。"

"你们快去招集四十对黑貂，我带你们去谒见王爷。"

那对黑貂招来了四十对黑貂。

狐狸把他们带到王爷面前，她跑上前一步启禀说："王爷，仁人库兹玛财主向您进献四十对黑貂。"

王爷对库兹玛财主的富有惊诧不已。

他吩咐把这些黑貂全部赶进栏里，加上重锁。

"库兹玛是一个多么富有的财主啊！"

翌日，狐狸再次来到王爷面前："王爷，仁人库兹玛财主叮嘱向您进贡，请求借一只包箍的桶盛银币。他自己的那只桶已装满了金子。"

王爷没有拒绝，就借给狐狸一只包箍的桶。

狐狸回到库兹玛身边，吩咐库兹玛不停地用桶盛沙子，把桶身蹭亮。

当桶身被蹭亮后，狐狸吩咐往箍里嵌点碎银，然后把桶还给王爷。

接着狐狸来到王爷面前，向他提媒，请求他同意让他美貌的公主与库兹玛财主成亲。

王爷看到库兹玛对嵌在箍里的银子毫不介意，认为库兹玛是个万贯家财的大富翁，所以，他满口答应，并命令库兹玛择日完婚。

库兹玛坐轿前往王府迎亲。

狐狸跑到前头，它暗中唆使雇工将木轿齐脚锯去。

库兹玛刚登上木轿，就和轿一起跌落水中。

狐狸大声叫起来："哎哟，不好啦！库兹玛财主落水了！"

王爷得知库兹玛跌落水中，马上派人去捞库兹玛。

就在库兹玛被救上岸的时候，狐狸又高声喊叫起来："快给库兹玛财主把湿衣服换了，质地要好一些的。"

于是王爷拿出他节日穿的盛装给库兹玛穿。

库兹玛来到了王府，只见王爷早已把婚事准备妥当，真可谓万事俱备，只欠东风了。

库兹玛和公主顺利地成了亲，他们在王府住了很久。

"这样吧，我的好驸马！"王爷说，"现在该我们到你府上作客去了。"

库兹玛实在没有办法推辞，只得硬着头皮准备行装。

他们一行策马缓行，可是狐狸早就跑到前头去安排去了。

走过一个山坡它看到牧人在放牧绵羊，便向他们问道："牧人，牧人！你们在给谁家的羊群放牧？"

"是蛇爷戈雷内契家的。"

"等会儿雷公王爷和闪电公主来时，一会儿请你们讲，这羊群是库兹玛财主家的，如果你们不说这羊群是库兹玛财主家的，他们会召唤雷电把你们和羊群统统击毙、全部烧死的！"

牧人听到后非常害怕，但仔细想想，事已至此，也只得这么办了，于是就同意了，按狐狸教给他们的那样，说羊群是库兹玛财主家的。

接着，狐狸继续向前跑去。

它看到另一些牧人在放牧乳牛，"牧人，牧人！你们在给谁家的牛群放牧？"

"是蛇爷戈雷内契家的。"

"一会儿雷公王爷和闪电公主到来时，请你们讲，这牛群是库兹玛财主家的，如果你们说是蛇爷戈雷内契家的，他们会召唤雷电把你们连同牛群统统击毙、全部烧死的！"

牧人同意照办。

狐狸又朝前跑去。她一直跑到蛇爷戈雷内契家的马群前，吩咐牧人说这马群属于库兹玛财主家，"否则雷公王爷和闪电公主到来时，他们会把你们连同马群全部击毙、全部烧死的！"

这些牧人也同意照办。

狐狸向前飞奔，一口气跑进蛇爷戈雷内契的那座白石砌造的府邸，"蛇爷戈雷内契，你好！"

"狐狸，有何贵干？"

"蛇爷戈雷内契，眼下你得马上躲起来。雷公王爷和闪电公主就要到了，那时候，所有的这些都会化为灰烬。你的畜群和牧人早已被烤糊、烧成灰烬了。我急着赶来通知你，我自己都几乎要被烟熏死了。"

蛇爷戈雷内契犯起愁来："唉，狐狸！该躲到哪儿呢？"

"你的花园里有一棵老橡树，树干里面都被蛀空了；你快去那儿，趁雷公王爷和闪电公主现在还没到，你就藏到树洞里去吧。"

蛇爷戈雷内契吓得魂不守舍，就听从狐狸的安排，躲进树洞里去了。

库兹玛财主自顾自走着，王爷和公主——库兹玛的妻子，一路同行。

他们来到羊群前，公主问道："牧人，你们在给谁家的羊群放牧？"

"是库兹玛财主家的。"

王爷听了很开心，说："嘿，我的好驸马，你拥有的羊可真是多啊！"

他们又向前行进，来到牛群前，"牧人，你们在给谁家的牛群放牧？"

"是库兹玛财主家的。"

"嘿，我的好骒马，你拥有的牛可真是多啊！"

他们接着往前进；牧人在放牧马群，"这马群是谁家的？"

"是库兹玛财主家的。"

"嘿，我的好骒马，你拥有的马可真是多啊！"

现在他们到了蛇爷戈雷内契府邸前面。

狐狸迎接贵宾，深深地作揖鞠躬，把他们引进白石砌造的府邸里，并请他们在铺有花纹台布的橡木桌子边坐下……

他们开宴畅饮，热闹非凡。

这样日复一日，一个星期过去了。

狐狸对库兹玛说："库兹玛，你该停止宴饮了，需要把正事办了。你同王爷一起去花园里。在花园里面有一棵老橡树，蛇爷戈雷内契就在橡树的树干里藏着。他怕见你们，躲藏了起来。你们开枪把那棵橡树打烂吧。"

库兹玛和王爷走进花园，迎面看见这棵橡树，就对准那棵橡树开始射击。

蛇爷戈雷内契便死于他们的枪下。

库兹玛和公主——他的妻子，一同在那座白石砌造的府邸里居住，狐狸从此就在他们家住了下来，他们一起幸福地生活着。